不等

陸之駿
——
著

代序　英雄

夢中人亂如嘩變之軍
清醒者靜若深水之魚
死者唾沫四濺
生者默默無語

強人的旗幟無須色彩
最好是先人裹屍布的殘片
最好是沾滿血跡
最好是在狂風中吶喊

白樺

不等　4

血洗族群
無須任何藉口
甚至於自殺
也無須仰天長歎

濟世英雄
如果真的有濟世英雄
或是先秦時代的遊俠
懷著悲天憫人的憂傷

他們將從最尋常處
飄然淡出
悄悄地握著有人類以來
以血海換來的全部智慧

一身縞素
信步走來

從容淡定
如月離雲

自序　延宕三十年

——我的第一本詩集《不等》

陸之駿

我的第一本詩集，理當在三十年前出版；也就是一九八五年、我十九歲的時候。天曉得怎麼搞的，歲月蹉跎，竟然一拖就四十九歲、二〇一五年。

終於出版的機緣，另有一段陰錯陽差三十年的友誼。

大概從二〇〇九年起，我重新寫詩，陸續張貼臉書。朋友們愈來愈多的鼓勵，使我愈寫愈勤，終至二〇一四年在「產量」與「密集度」上，達到巔峰；這一年，遠方的好友李宗舜兄強力建議我結集出版。

興起這念頭後，接下來的二〇一五年的上半年，生活忙碌凌亂，寫詩反而幾近起乩，信手拈來，寫完自鳴得意，感覺有些題材捨我其誰。我一生坎坷，大起大落，若干歷練，敢說是絕大部份寫作的人畢生難逢的際遇；我常常自我感覺良好：「這我不寫，大概就不會有人留下文字紀錄」，非寫不可的使命感十分強烈。

話說回頭，到了詩集寫好、編好的時候，才想到要找誰出版這問題。

我央託經常和我過從甚密的老出版人許長仁兄——當年遠行出版社及掀起鄉土文學論戰的《仙人掌雜誌》等，都是他辦的——賣個老面子，幫我情商一家出版社解決我的難題。

他推薦宋政坤兄的秀威資訊。

「宋政坤？這人我不認識。」我當下反應。

長仁兄公親變事主，安排一場飯局。

酒過三巡，不知因何聊起，政坤兄和我都在華岡待過幾年，從年齡推算，還應該同一時期。接下來聊起大學同學；奇怪？怎麼那麼多共同的朋友，我們當時卻不相識？

最妙的梗，在林晨柏兄、林美如啤酒館東家。我大二那年和晨柏兄住在下竹林相隔壁，還一起編《春風詩刊》，和李疾、楊渡、莫那能、林華洲等左派詩人廝混。晨柏兄的上一年的室友，正是政坤兄；他們那時住在美軍眷區F二〇九，華岡詩社所在，我三天兩頭在那屋出沒，有一次狂飲大醉、搏得「噴泉」綽號。當時我就知道晨柏兄有一位「不回家」的室友，沒想到竟就是三十年後一見如故的政坤兄。

我十四、五歲在馬來半島開始寫詩，陸續發表於報章雜誌。十七歲離家來台北前，剪輯影印我的第一本詩集《傳奇》。

《傳奇》沒出版。

我剛到台北前幾年，仍然以為自己「不久之後」會風光出版詩集。鬼知道這「不久之後」，竟然延宕三十年。

之所以如此，其實只有一個簡單原因：我不安於室的個性。

在解嚴前的一九八四年公然豎起「政治詩」大旗、挑釁威權的《春風詩刊》，我編著編著，興頭轉到鹿港反杜邦運動、黨外選舉、學運工運、黨外雜誌、組黨……，不知不覺，忘了寫詩。

緊接下來整個一九九〇年代，捲入國會全面改選後的立法院，復參與若干台灣重大的商戰，起伏浮沉。期間，別說寫詩，除了質詢、訴訟、企劃等「應用文」，幾乎什麼都不寫。

這一晃到了二〇〇六年。

那年投資有線電視台，短短半年，結算賠了六千萬元。恍惚間想起小時候，母親逼我背誦過的唐詩，「十年一覺揚州夢、贏得青樓薄倖名」、「千金散盡還復來」之類。

那年、二〇〇六年十二月三十一日，我提早來臨的白內障，嚴重到被朋友譏諷「用鼻子看書」；在新的一年前夕，頓悟「能讓我這一生不虛此行的，可能只剩寫作」——趁著眼睛瞎盲以前。

舊筆重拾，仍不是寫詩。

我從隨筆開始。然後很快覺得，寫一堆短文結集成冊，「不算是書」。

於是想寫小說，主題是十八世紀梅縣人羅芳伯在西婆羅洲建立的、比中華民國更早建國也更加長壽（如中華民國以一九四九年終計）的蘭芳共和國。

小說寫了兩、三萬字作罷。但大量資料收集閱讀結果，卻有幾個意外收穫。

首先是琢磨出一套在網路上搜尋、鑑定資料的功夫。

再來是發現自己自以為是的寫作能力，其實很差，有若干方面需要加強苦練。

又，是把自己三、四十年的閱讀，逐一擺上「心中的書架」、擺對位置、全盤疏理一遍。

因為發現自己寫作能力的不足，我於是把臉書當作練筆平台，寫的，又是隨筆。

期間結交一位畫家網友張國華。我看他每天都畫、都張貼新作，並且經常四處寫生。他的創作熱情，砥礪我每天都寫、每天發文，每天都把生活中觀察到的細節寫成文字。

有一天，我在內湖來來豆漿店看師父做油條全程，回家花了兩小時才寫成短短五百字寫真。忽然警覺：因為讀了很多書而寫作的人，要描述活蹦亂跳的花花世界，往往詞窮。

寫不成小說的最後一個意外收穫，竟然是寫詩。

我有個壞毛病：活到現在的半生，要我做東、或自己理智上認為應該做東，情緒的、本能的卻偏去做西。理智上要寫小說、寫隨筆鍛練小說寫作能力，卻任性寫出一堆詩來。

《不等》收錄我最早的一首詩二〇一一年一月的〈路邊樟〉；之前、從二〇〇九年開始的詩作，我羞於見人。其後斷斷續續久久一首。二〇一二年起，青春期的女兒要叛逆，我足足兩年沒上班、專心陪伴她；期間遊山玩水，亦得詩若干。寫詩的引擎真正啟動，是二〇一四、二〇一五兩年，掐頭去尾，激情寫作時間大約半年。

延宕三十年的夢想，到頭來半年完成。

最後也最重要的，要謝謝和家父同庚、高齡八十六的前輩詩人白樺先生幫拙作以詩代序；他一生的堅決，是前面遠方一盞明亮的引路燈。也謝謝我最尊敬的思想家李乃義先生言簡意賅的短跋；他的兩部大作，從自然史角度探討宇宙與人的歷史的《這才是你的世界》和從基因及出土文物議論中國史的《一個海外華人講的中國人的故事》，打通了我思想上的任督二脈。

其餘要謝謝的，除了前面提及的李宗舜、許長仁、李疾、宋政坤諸兄，還有我尊敬的詩人溫任平老師、創作孜孜不倦的詩人何山青與畫家張國華二位，以及幫我這寫完就拒絕重看的懶惰鬼整理詩集及隨筆的兩個孩子許鎮志與高偉哲。

最後想念我寫詩的啟蒙師父，遠在海南島耕田的林華洲。他是我心目中最偉大的詩人，打開了我文學、思想及人生的境界。我有一首只寫了一句、接不下去的詩：「我想去海南……」。

二〇一五年十一月十一日

不等　12

目次

輯二　青紅燈

輯三　星空

輯四　水瓶伊始

輯五 沒人敢數遍它九十九扇窗

輯八 間切

輯九 回家路上

輯一 不等

門牙

聽說門牙裡有神；不是牙仙子
可能是神荼鬱壘，或秦瓊尉遲恭
反正就威猛，桃符擋煞
大得嚥不下就咬斷
不想說的，咬緊牙關不啟齒

二〇一五年八月二十三日

小奪泊

沒有小奪泊，七星聚義是個屁
不過大口喝酒大秤分金銀
魯智深倒拔垂楊柳
林沖風雪山神廟，都只是
沒頭沒尾的稗官野史一章

沒有林沖火拼王倫割下首級
尊晁天王坐上首座
哪來天上星辰世間豪傑斷金亭前？
武松打虎不過鄉野傳奇
宋江殺閻婆惜只是情殺刑案

不等　26

小奪泊是水滸傳的井岡山
兩萬五千里長征
總得有個根據地好出發

二〇一五年七月十九日

龍虎門

即使到日本打敗火雲邪神
王小虎仍然忘不了
可能就是香港街頭上那段歲月
我也一樣

仍然有一口氣，在街頭迴盪
該出拳時絕不手軟
先打再說；一打，就不能被打敗
這是宿命
誰說拿筆的手，不能握拳？
不能開槍？不能降妖除魔？

替天行道？
只是現在沒人用筆
手指頭劃一下平板，就好

二〇一五年六月二十一日

懸崖

最後一次來到懸崖邊
一躍而下之前，他
想些什麼？

想些什麼，不再重要
一躍反正一死
一死，想些什麼
純粹穿鑿附會
不可能有真相
何必追究？

不等　30

懸崖下蒼蒼莽莽
風吹草動
盛夏草蟬忽然聲嘶力竭

二〇一五年六月二十日

＊忽然想起韓國總統盧武鉉跳崖自盡。權力之旁，就是懸崖。

卿卿如晤

「什麼時候來台北？」
「有空北京走走？」
「暫時不方便進大陸。」
「約在香港澳門見？」

我們在WeChat對話
WhatsApp是ＡＢＣ用的
LINE柯Ｐ情有獨鍾
要付費的簡訊，現在沒人在用
ＭＳＮ曾經有人印在名片上
現在連伺服器都拆光

email有太多垃圾
1314520漸漸沒人了解
我決定磨墨，用館閣體
標準楷書，寫一封左右時祺頓首
貼上郵票，寄給你
（瓶中信？不至於！）

二〇一五年六月十一日

詩人節翌日

同步寫兩本小說
不寫在紙上，也不演在舞台上

首先張羅人物、安排情節
找出一個又一個衝突
讓主角逐一發揮極限智能
克服、超越，創造
一階段又一階段嶄新的張力

高潮可以預期；結局勿須預設
ＯＳ要充分告白，人稱不妨切換

敘述聲調風格形成以後
自然引領故事的發展
兩本小說其實是一本
從人的角度，只是一本

二〇一五年六月七日

七星小聚義

「人多做不得，人少又做不得」

醉臥靈官殿的赤髮鬼劉唐
一套富貴，來與他說知
晁蓋找吳用商量
智多星舉薦石碣打漁義膽三阮
不為酒食錢米而來的入雲龍
核實確有十萬貫生辰綱
北斗之數湊合一道白光，從此
踏上黃泥岡松林賣棗迷魂之路

打不到十斤的大魚，從而說起
梁山泊一望不遠
村子裡埋沒一塊石碣
天罡地煞，龍章鳳篆老早註記分明
七到一百零八，這是
鴻圖大展的密碼

二〇一五年五月二十五日

側寫五四

似乎一切告一段落
不敢確定；因為才五月初
就開始入梅

昨天前天就開始反常
一陣又一陣間歇的雨
愈大愈涼時間愈長
終致披上外套，勉強撐傘

放晴時刻漸少
漸漸不宜枯坐街邊

座椅或石凳，濕漉一片
散步、快走都會淋濕

在三角窗露天咖啡座言不及義
雖然有雨遮，風吹微微寒意
回應你的祝福，我說：
「還在磨合期吧」

愈來愈沒把握
那句「最好一輩子」的誘惑
似乎，真的只剩一點點

二〇一五年五月四日

＊五四運動九十六週年，我寫我思——心中徬徨的，也就只這些。無論如何，還是感激那美好的往事如煙；沒有過去，就沒有明天可能的晴朗。

死亡線上

已經到了死亡線附近，雖然
攀登的不是K２喬戈里峰
陸續有人失足、失蹤，只是
這裡只能前進不能往回走
山確實一直在那裡
人不一樣，每回合都不一樣

只有一次機會
前面一片白茫茫
回首也一片白茫茫
總是攀越過後才遲疑：那麼陡峭

誰爬得過來？沾沾自喜
一失神就粉身碎骨

總是安慰自己過了這一關就好
總是過了這一關
是更拔地參天的懸岩峭壁
piton d'alpinisme稍有差池
越過死亡線就另一度空間
沒有去過又回來的人

二〇一五年五月三日

註：piton d'alpinisme：法語登山釘。法國登山家Maurice Herzog在一九五〇年登喜瑪拉雅Annapurna峰，是人類攀越海拔八千公尺死亡線首次紀錄；當然雪巴人可能老早達成。

如果

——向貝特萊奇和瑪格麗特致敬

如果早生一百年
他是英雄
沒有著作權的束縛
唯妙唯肖
御真大師

如果晚生五十年
她不委屈
不必當男人的奴隸

不等　42

抬頭挺胸
揚眉吐氣

二〇一五年四月二十八日

不等

我已經不想再等了
像我這種風火山林的男子
等待，就是浪費生命
等待會變化，會變武田信玄
好不容易下定決心上京勤王
卻在哀慽簫聲中悄悄退兵

我已經不會再等了
像我這種天命七殺的八字
註定，就是衝闖江湖
註定要破浪，縱使石川數正

不等　44

好不容易歷盡艱辛調和鼎鼐
卻在歷史迷霧中任憑諸說

我已經不必再等了
不管我是怎麼樣的浪蕩子
奔波，終究要喘息
奔波一停止，勢必李白杜甫
好不容易搜盡枯腸找到一句
卻在乾坤屯蒙中茫茫渺渺

二〇一五年四月十六日

權現

一葦渡江立地成佛，本土化
結果就是權現，關雲長
一人替代二十一伽利藍護法

到了邊陲，權現的權字
閃閃發光，征服者的太刀
輝映著日正當中的日照
不僅僅是本地垂迹、渡化方便
而是衝突的隱喻，反抗的伏筆
我的大神，姑且暗藏在
你的御殿中伺機起義

不等　46

蟄伏不妨長達四、五百年
蘇格蘭彷彿猴齊天
迸出五指山，立馬翻天覆地
縱然頭上有金箍咒
唸唸有詞，也得拼它一次

二〇一五年四月十二日

革命

拋頭顱灑熱血革命一場，到頭來
只剩意映卿卿如晤與妻訣別書

節日荒誕不經，陰陽曆錯置
黃花崗僅是同歸亂葬，無關起義地點
七十二烈士有人沒死，遺骸86具
不是共產黨也不是國民黨，他們
只是信仰桃園三結義的江湖兄弟

這天曾是國定假日，煞有其事
隆重悼念，用粗製濫造的謊言

砥礪反共復國的青年熱血
超過一百年，沒人敢、或懶得
大聲高喊國王沒穿新衣
意映卿卿如晤真實不虛
的確訣別；的確像一朵白色山茶花
濺滿鮮血，踩爛在泥濘裡

二〇一五年三月二十九日

附記：三二九是一個荒誕的節日。

廣州起義那天是一九一一年四月二十三日、農曆三月二十九。起義地點是兩廣總督署附近越華街小東營五號，無關黃花崗。黃花崗是起義被殺者收屍合葬之處。遺骸不符相傳的七十二烈士之數，一共八十六具；七十二烈士之一李文楷，其實沒死。這批「烈士」，絕大部份是洪門成員、黑社會，與後來國共兩黨沒多大關係。中華民國曾經把這一天訂為國定假日青年節；這好像只能證明：國民黨的神話，還真粗製濫造。

共產黨好像從來不曾揭穿這謊言；畢竟，這謊言有助於凝聚血濃於水的民族情感。

至於民進黨，這事，彷彿完全事不關己……。

情人節

有時候感覺李賀，斟酌一句
隨即記下塞進錦囊裡，有時
李白，在失意的酒中縱情高歌
有時白居易，其實不盡然淺白
琵琶長恨典故深邃莫測
最後杜甫，寫自己寫大家的苦
三吏三別，偶爾雲鬢濕玉臂寒
寫詩是三D的，像多鏡面反光球
每一些微曲折，就方方面面

二〇一五年二月十四日

不等　50

水滸

影片中，飄雪婆娑起舞
莫名想起林沖
風雪山神廟，親耳聽見
門外密謀
殺差撥殺富安，殺陸虞侯
草料場一把大火
從此展開水滸
據說落雪前夜，特別冷

二〇一五年一月三十日

冷

怕冷怕雪；當不了北地披著猩紅斗篷
拜別，隨一僧一道去的賈寶玉
（恰巧看到訊息：妹夫在皚皚的長春；
幾乎日日相見的工作伙伴，漫遊水滸山東；
雪幾乎下到長江邊外灘）
躲在寬濶得不妨稱洋的海峽對面
島嶼盆地口，寒流歷經山水羈絆
只剩小打小鬧，溫度抵達不了零下
喊冷，只是風雨沁透肌膚徹骨
想起一名歌聲曼妙的美麗女子
「老家在大興安嶺，不用冰箱

零下六十度C，聽說跟南極一樣」
想起三一一從石卷回台避難的阿姨
總愛和我家寵物鴨對罵叫囂
問她：「你家那裡那麼冷
鴨子養得活嗎？」；讀她訊息
海嘯廢墟中居酒屋重新開張
正在植物園散步，穿梭熱帶雨林
一隻西伯利亞雁鴨在湖中心蕩漾

二〇一五年一月二十二日

起義

堅持要吃這種月餅
油擀的皮，油亮的餡
沒找到朱元璋的message
只看見兩顆鹹蛋黃
瞪大眼睛四下張望
黑心的油，應該就是
通知起義最新訊息

二〇一四年九月八日中秋

輯二 青紅燈

參商概略

闊別多年的幾句寒暄，像水墨寫意
簡單幾筆，勾勒出半生劇情大綱
原來當時在別人眼中
我是那麼神龍見首不見尾，恃才傲物
倚老賣老，如今敘起年庚不禁汗顏

最後一次見面應該是在基隆餐聚
之後你去英國唸博士，老闆當選市長
其他各自前程匆忙不及細述
我似乎刻意略過自己，因為
我有點不知如何啟齒

話題轉到一位比我們年輕幾歲的老弟
「幾年前接過他電話……」你說
我脫口而出他心肌梗塞突然亡故
我們的錯愕十分平靜而倉皇
只是不知道該再說什麼，匆匆告別

二〇一五年八月十六日

突然惜別

生魂漉漉來訪，欲言又止
夢裡問：前幾天不剛才見面？
似哭似笑，忽然一陣飄渺

忽然一通電話報喪：
昨夜取水猝死，應是酒醒消渴
殘杯尚有剩水，冷暖難知
原來魂魄入夢竟是惜別
不哭不笑，什麼暗示？
夜宴音容，停在舉杯攬腰定格

相約的江湖前路迢遙
不像是過了野豬林林沖魯達分手的叉路
嘎然而止，茫然中伸手不見五指

二〇一五年八月十三日於普天滿閣

＊一九八九年四月七日，鄭南榕自焚身亡。

悼孩子

就好像整個戒嚴的年代如迷霧
那兩次自焚，死因成謎
但這回一清二楚，就是死諫
對抗的就是與個人功名無關的
謊言歷史

前些年是槍桿子虐死孩子
孩子們的向日葵被污衊成香蕉
這一次
黑箱與死亡合體；難以想像
緊接下來的波瀾壯濶

江南死的時候，靈媒Lisa說：
This is the end of a dynasty
這次也是，並且是對殭屍的徹底摧毀

二〇一五年八月一日

六月十七

回家路上舉頭望明月
（過了十五，月亮更圓更大）
低頭千頭萬緒；大概很難
像李白一樣一心一意撈月
像張旭般肚痛成帖一筆到底
像裴將軍擲劍入雲，漫執鞘承
那麼令六合九垓無不涼驚慄

農曆六月十七
再過十三天鬼門就開
冤親債主有恩報恩有仇報仇

有情比較麻煩；倩女幽魂
拍了三集，意猶未盡
正是那輪過了十五的明月，舉頭一望
低頭就千頭萬緒

二〇一五年八月一日

寂寞

錯過不負少年頭的時機，我們
只剩混吃等死，或把記憶優化
吹噓輝煌的歷史
在酒國裡、在飯局中、在沏茶時
最後，在一盤無言對奕的世事如棋
世事如棋，往事如煙
錯過，就沒有第二次
現在引刀成一快，無人讚嘆瀟灑
只剩譏笑與揣測：
一定有什麼不可告人的原因

或單純只是中年危機的畏縮與逃避
即使壯懷激烈的焚燒自己

二〇一五年五月十七日

信步堤防

在海洋與陸地的邊界行走

在白晝與黑夜的模糊間
迷幻的餘暉中對話，腳步沒停下來

決意再一次告別這個國家
就像三十年前上一次告別
眷戀的只是這小鎮
在黃昏的陸地與海洋邊界
一道漫無止盡的堤防

小鎮闌珊，彷彿當年
新的已經殘舊，舊的傾頹
重建成陌生的記憶外的風景

腳步沒停下來
這些年迷幻的對白彷彿從未中斷
堤防總是漫漫走不完
尤其在這向晚
容顏黯淡成影的片段

二〇一五年四月十三日，
會舊友林建國教授後有感。

四月七日

突然死亡，隨著光陰似箭
慢慢變成英雄

剛開始只是驚嚇
一具扭曲的焦屍
烤肉混雜紙張燒成灰的味道
一群人或蹲或站圍繞
死因議論紛紛

我拍了照片匆匆離開
其中一張，用作特輯封面

多年後大家都記得那期封面
忘了作者，仍然議論著死因
街頭傳單卻早已蓋棺定論
獨立英雄

到底有誰知道火是怎麼點燃的？
反鎖在斗室裡，雜亂書桌前
那最後一小時想些什麼……
我們慶幸自己沒死
或許死亡更值得慶幸

二〇一五年四月七日

*一九八九年四月七日，鄭南榕自焚身亡。

履虎尾

我在赤道暴雨中穿越泥濘
你到零下三十度大興安嶺騎馬打獵

我們從同一個辦公室
分頭出發；相約七天後再見
一起闖蕩嶄新的江湖

不管旅程中是風雪
或者雷電交加；總是念念不忘
歸來趕赴遠方的盟誓

這一年，你七十五、我五十
早已滌盡浪漫，澄淨清楚
殘生必須堅決的履行

二〇一五年三月十日

二二八即景

那年這天，天氣是否像現在
一樣煙霏霧集？懶得考究
以免跌落六八年蒙塵紙堆
輕輕一翻，字句支離破碎
被害人和殺人的幾乎都死光
分葬忠黨愛國的軍人公墓，或
荒煙蔓草人跡罕至的六張犁
從不同的山丘，一樣俯瞰
同一個城市持續著悲情與扭曲
河川淤滯，超拔的蓮燈蜿蜒著
始終無法抵達河口的寬廣

事發現場和相關遺跡拆除殆盡
全憑各說各話的選擇性記憶
表述各有權力算計的天馬行空
今天晚餐訂日本料理，一九四五開業
不妨隨口問問可能目擊者
那年這天上學，有沒有經過？

二〇一五年二月二十八日

密函

這封信，可能永遠用不上
或者媒體曝光大作文章
最好使命必達列為極機密
半世紀後公開蒙塵秘辛

不管未來如何波譎雲詭
草擬時必定認真，踱步搜腸
一星期前先想好大概
可能提及的，重新查證一遍
琢磨出關鍵段落、警句及寓意
回頭破題、收尾，內文千萬

不能累贅，廢話一概刪除
遣詞造句典雅、精準而淺白
還要顧及眉眉角角，不卑不亢

落筆前兩天都在散步
六公頃的公園走到無路可走
茄苳、春櫻，高聳的南洋杉
彷彿都在訕笑，幸災樂禍
野鴿卑夷的像迴避瘟神
滿一萬步，所謂微微發熱為度
立馬頭也不回，直奔書房
把桌邊一落參考書推掃滿地
咖啡或茶？這時喝起來
味道不再有什麼不一樣

二〇一五年二月二十六日
榮星花園

訪友

院落裡一度縮成尾甲那麼小的榕葉
再度放大至耳朵尺寸，樹根溢出盆外
苔蘚隨著季節枯榮，沒有足跡
磨擦出塊石的閃閃發光；石塊平整
顏色深淺流露曾經有過的鑿痕
這是唭哩岸一九四九前開採的吧？忖度
在撥開主樹氣鬚的糾纏穿越時
主人沿著伸展到玄關的樹根踽踽
有一塊木板被橫行的根輕鬆翹起
關門時必須稍稍費力，對一位
上一個世紀上半葉已經上小學的

先生來說，門能不能關緊？似乎
反正不在意寒流再度沁透尺牘

二〇一五年二月十三日

青紅燈

我南下採訪抗爭英雄
你帶我去冰果室

冰果室可能是你的世界
最隱密最適合革命的場所
雅座昏暗，嘔吐、發霉
廉價香水味道瀰漫
店門口風塵僕僕，霓虹浮誇閃爍

那年還在戒嚴或剛剛解嚴
騎車載我來時，十字路口，你說：
「青燈眾人行，紅燈是我的」

二〇一五年一月二十四日

＊剛剛按摩按到半睡半醒時，忽然想起多年前到高雄採訪工運的前塵往事。

等

在路邊等人
右前方是一棵樟，後面
台北市樹木保護自治條例的榕
再後面是ＮＧＯ會館，像大雜院

氣象預報今天二十一度降至十二度
未時還有陽光，風開始涼冷
天黑前趕回家去，薄外套
應該足夠抵禦愈來愈濃的寒意

逾時兩分鐘

人還沒到；左邊往右的行人
比右邊往左的，多得太多
一片枯葉在正前方筆直墜落
或許是樟或許是榕

逾時五分鐘

二〇一五年一月二十一日

＊在青島東路路邊等乾兒子許鎮志；站在台北市非政府組織會館前面，想起差不多一年前太陽花學運，在這裡發生，以及我在這條街廝混二十多年見過形形色色街頭抗爭，有感速寫。兩分鐘、五分鐘，是強調分秒流逝的時間軸；歷史是由一分一秒構築的。

夢友人

夢見那個鬧鬧的小女孩
堅持把你的骨灰甕
打開，要看爸爸
一陣風吹來，揚灰遍野
地點好像是你家祖屋前的荒田
我看見：佔據天空五分之一的你
像平常一樣，頑皮開朗的笑笑說：
「算了，我本來就想撒在這裡」
這一霎那間我醒了過來
想起那小女孩，已經亭亭玉立
龍潭祖屋，我去過一次吧

拍照，你大嫂要選舉，大哥那時還在
可能就那一戰我們熟了起來
有一陣子如影隨形天天廝混
後來每隔幾個月喝一次咖啡
後來漸漸少了，最後一次
在醫院餐廳，咖啡都沒喝完
夢境中你穿著藍襯衫打領帶
面頰豐潤，不是生病的模樣
你頑皮開朗笑著聊著，我竟然忘了
那條領帶，是什麼顏色款式？

二〇一五年一月九日

老狗

總覺得這兩天你就會過來
載著相依為命的老狗，騎著摩托車
過來喝一杯我正在泡的茶，吃頓晚飯
順手抓一把醫生禁止你吃的糖果

總覺得再一次聽到你的消息
不應該是驟然逝世的惡耗
和一群陌生的你的親戚商議喪禮
唯一能做的就是幫你買幾箱庫錢

總覺得過兩天你就會過來
雖然明天一早要參加告別式送你
我並不感覺特別哀傷，就像去年
濕冷冬天過去，身體好些，你就會來

初夏沒有淒風苦雨，梅鋒來去
既狂又疾，不像你總是徐徐
沒事就來晃晃，見我閒著就聊兩句
總覺得你就在附近公園，坐坐、蹓狗
想到，就繞過來我這裡

二〇一四年六月十八日

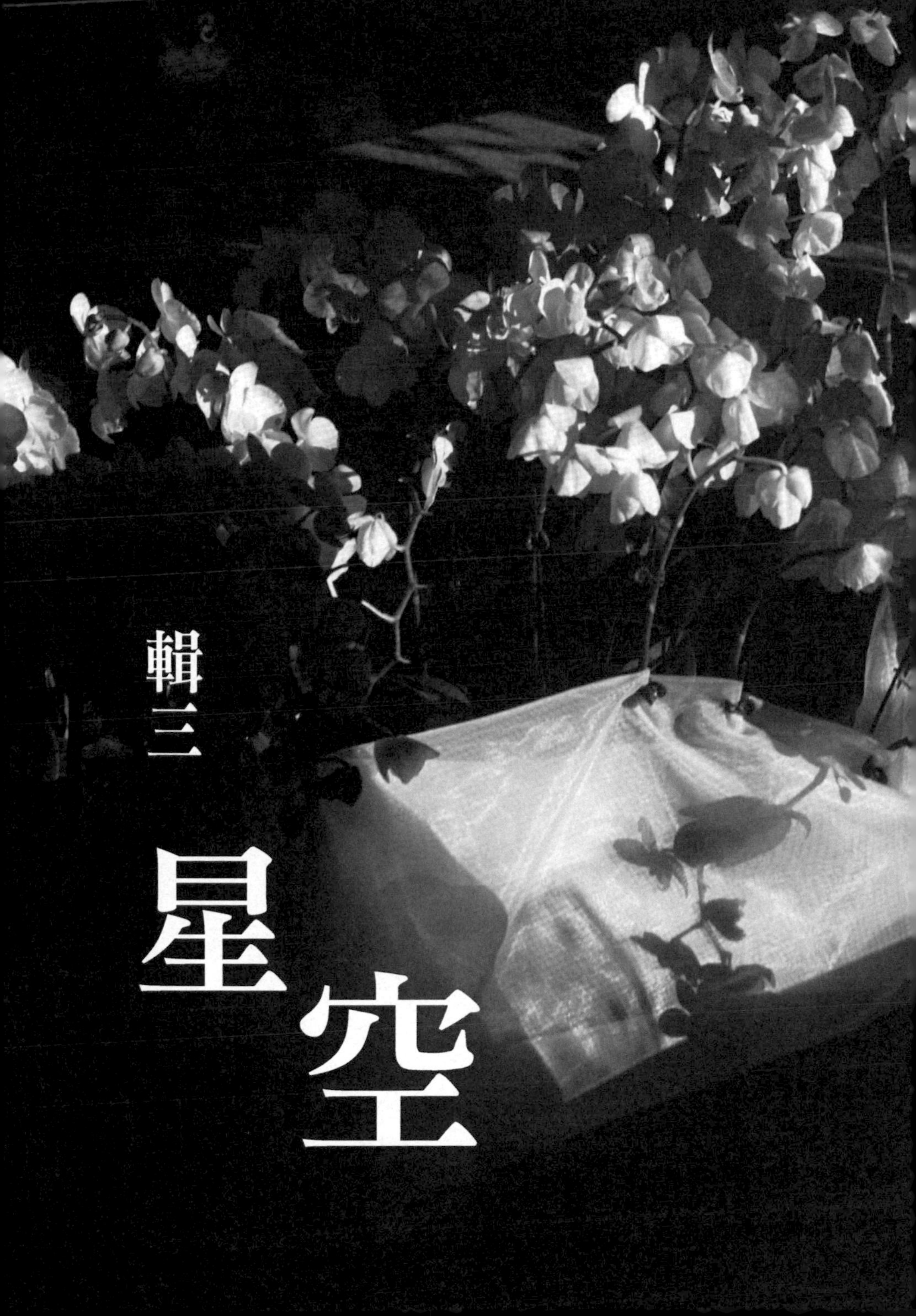

輯三

星空

三色貓的約會

——讀溫任平老師二〇一五年七月十六日〈貓鼠哲學〉有感

我決定赴三色貓的約會，七天之前
沐浴更衣盛妝打扮，認真思索
哪家燭光晚餐，最適合舊情復燃

哪一門派的哲學，能天雷勾動地火
天上靈光一閃落點恰巧盤中飧
距離近得反而像遠方雷聲隱隱

不絕於耳，貓喋喋不休抱怨：
「狡猾的鼠把我擠出中原十二生肖
在安南我復排除兔子」
天竺三十六生肖神秘學，或二十八宿
我暗自惦念，始終沒說出口

關於哲學，我只知道
康德每天分秒不差定時散步，以及
馬克思主義辯證法必然發展規律
其實類似小說原理：人物／衝突／高潮
——貓大概有聽沒有懂，鼠亦然

這節骨眼上，真希望
真希望哪來一隻狗咆哮：汪汪汪

二〇一五年七月十七日

＊越南的十二生肖，有貓，沒兔子。

附　貓鼠哲學／溫任平

我沒有貓的地址，對不起
基於道義，我不能把鼠幫的
名冊交給你
你把餌交給我好了
我會舖滿博物館與教堂
以褻瀆之名把牠們捕殺，或豢養
一念之仁與一念之差
黑格爾說他只信任自律與星空
德里達認為貓有鼠性
貓沒了老鼠會不快活
李歐塔：「大家沒有看到
貓被龐大如夢魘的犀牛追趕嗎？」

二〇一五年七月十六日

約會

千里相約四月十三
我在想：該怎樣一家小館
才適合兩位仁兄小酌暢談？
魯迅的咸亨，太吵太遠
唐魯孫酸甜苦辣鹹太搶味
會搶走話題的可期精彩
這是咱仨第一次聚首
相信往後，這樣的機緣
也不會太多

曾經的大出版家與詩的活動家
請容小弟榮幸作東

二〇一五年三月二十一日

＊昨晚和長仁兄約好，下月宗舜兄來台北聚餐；今日思尋：那天，我們該找怎麼一家小館？

敬覆溫任平老師並謝李宗舜兄

再見時已闊別三十三年
您當然忘記：眼前腦滿腸肥的
市儈中年男子，竟是當年
懇求您在詩集扉頁簽名的削瘦少年

分別在不同國度的紅塵中滾滾
命理、政治；投資、併購；寶石、食材
直到二位元世界某一天
一顆黃昏的星子每日亮起
恍然大悟，輟筆多年的才是最愛

「市中心一百五十萬，加上周邊大約四百。」
相約在我以為人口早已超過台北的
吉隆坡，您語氣篤定告訴
反覆思考多年的問題，忽然清晰：
那場論戰，缺乏後續的好作品支撐論述；
論戰以後，再也沒新出現重量級作家……
半島的六點半天色尚亮，我們
都還有下個約要趕，匆匆惜別

二〇一五年三月十二日
記三月八日與天狼星詩人茶敘

附　溫任平〈致陸之駿〉

在吉隆玻PJSS2的臺北好食初見
端倪在兩個城市中間，過去與未來
差點兒因車延緩而錯過
友輩因此在網絡上跌破眼鏡
下一趟北行，有勞
您在臺北Malaysia Boleh餐館
替我訂一客炸雲吞與椒鹽豆腐
我們再暢談現代詩危機
我們再研究鄉土文學的契機
我們再估衡邊陲弱勢的懸疑

二〇一五年三月十日

詩社

醉死三角公園，報紙竟然有寫
（其實八坪草地；那時沒手機拍照）
寫的人似乎死了，沒參加喪禮
應該不算數；有人躺在大道
半夜裡沒車，那時；午餐時
自助餐窗前有一女子墜落
（衣服應該是淺顏色的），窒息前
詭異一個微笑，我還搞不清楚
碰好大一聲，回過神來
我聽見伊嗚伊嗚救護車警車
那時我相信有鬼於是無神論

隔壁把牆上插座撞下我們翻臉
隔壁門緊緊上鎖；我把詩刊
編成革命，編到鹿港，以為革命
自摸時才想起三天沒睡，酒
紅露加維他露P，把他趕出房間
探索青春，秋天楓葉斷然拒絕
叫作陽光的草坪，啃雞腿的犬
準備吃一星期的滷肉，在詩裡
恣意揮霍，只為沒有火的假壁爐
直到你去了金門每天替屍首攝影
靈魂可能敲門，熱騰騰，鑊氣

二〇一五年二月二十七日

鞋子

買一雙鞋，宣判另一雙
死刑
鞋底磨平是表面罪證
磨損部位，洩露領導健康機密
必須徹底銷毀

想起千山萬水，一同走過
也不是毫無依戀
習慣建構鞋型，細微末節
無可替代—仍需替代
這是修補比新買更昂貴的年代

這會被慢慢忘記
除非新鞋打腳，抱怨兩句
那會被慢慢適應
鞋和腳
辯證演化是歷史必然規律

二〇一五年一月五日

附記：故友游川筆名子凡時，第一本詩集就名《鞋子》。

敬覆溫任平老師

小徑窮幽，寒流雷厲
南方有信來：
焗熱雨意演變暴雨洗滌

這是赤道Cumulonimbus積雨雲的科學
熱對流挾帶水分上升，高處不勝寒
凝固冰晶堆積成雲，向上成長
蓄集一萬三千七百米能量，劇烈驟降

此間山上無雨
霧正濃，盆地氤氳靉靆

晦澀與現實持續交戰
詩在散文中迷航，文學像政治
芒神牽引著鬼打牆
逐漸孱弱，終至氣若游絲

大雪後九日午時過後，一抹陽光
溫煦和暖
枝椏樹葉縫隙間光線穿透煙靄
尖峰在望，攻頂山路依舊迢遙

想起王國維三境之二：
衣帶漸寬終不悔；至於驀然回首
燈火闌珊，彷彿ＬＥＤ強光勉強閃爍

二〇一四年十二月十七日
上午一點五十分

附　溫任平〈信致陸之駿兄〉

才中午天色便陰暗，嗅得到
一些些焗熱的雨意
我在書房裡碰跌了一部大詞典
碎落滿地的單字與詞語
我想找的成語，遍尋不獲
後來才發現它們早已走進吾兄的詩裡
（要下雨，要下雨了）
我想用的表達方式
「吾以為今日而言文學改良，須從八事入手……」
胡適之在一九一七年一月闡述得清楚
「余甘冒全國學究之敵，以為吾友之聲援。推倒陳腐的鋪張的文
　學……」
陳獨秀在《新青年》裡一點也不含糊
說過的話，何必辭費？

人心叵測，詩心可疑
都朝容易走的路走去
上山的小徑可能只賸下吾兄與我的一群友儕
（雨聲敲響書房的百葉窗，雨真的下了）
熄燈關冷氣跨出書房飛步衝出家門
讓暴雨洗滌負傷的靈魂美麗的身體

二〇一四年十二月十六日
下午一點五十分

苦命男子

當夜寂靜得聽見
夜鷺振翅的聲音
看見自己
心跳忐忑高懸天際
像星星閃爍，感嘆如霧
午後陽光的餘溫
輻射著潮濕
冷卻，瀰漫，幽幽覆沒

憂愁的燈火隱隱約約
沈吟無解的思想起

二〇一四年十一月二十五日

附記：原著無題，編輯時題為〈苦命男子〉。

附　李宗舜〈無題〉

回應陸之駿一首短詩，沒有題目，啟首寫道：
「我是一個苦命的男子，一生總有訴不盡的衷情……」

心血來潮竟是海灘
那個半島斜坡的語句
生命有如詩篇會有陣雨
晴時和陽光一起遊戲
陰天影子會掉落溝渠

來不及捉摸
歲月一腳把午陽踢走
留下憂鬱的燈火在後巷
裹著冷霜的風衣
在那個看不見的角落
悄悄點火

二〇一四年十一月二十五日八打靈

深秋懷故友

除非曬棉被的日子
一到冬天，難得見面
心血管支架經不起
寒冷考驗，冬眠
像曲捲的熊等待春天

除了刈芒彷彿麥浪
這裡深秋，不覺蕭瑟
早到的寒流只提醒
骨灰甕裡，夢想
春暖花開時不復再見

寒露最後一批燕子
振翅南飛，飄搖萬里
霜降過後必然立冬
倒數歸來，日程
就在一元復始的明年

二〇一四年十月十七日

附記：昨天早晨接獲李宗舜兄來電，聊起他剛寫一首〈回家之後〉。我說，我現在也正在寫。忙了一整天，三更半夜才在床上把這首早上沒寫完的詩續完。〈深秋懷故友〉，是否堪為〈回家之後〉唱和？

附　李宗舜〈回家之後〉

回家之後
鞋子在走廊上
把沙塵留在外頭

一雙腳踏入門檻
就覺得祥和，安逸了

回家之後
小睡片刻的被窩
張開了翅膀
飛到敻遠的地方
歇腳處一塊石頭
坐久了暖和如孵卵的窩

回家之後
躺在沙發看見電視臺
頻道的卿卿我我
生活撕成碎片
一張白紙起了黑點
二十四小時合該
無風無雨，此刻

窗外飛來一隻蝴蝶
燈下驟然有了顏彩

回家之後
風暴的雷聲甚遠
靜靜閱報
靜靜地，讓這一天
可以抱著枕頭，自主的歇息

二〇一四年十月十六日莎阿南

星空

——向《天狼星》致敬

躺進年少輕狂的夢裡
仰望星空，每一個光點
燦爛啟程的時間迴異
Proxima Centauri，四光年往事
參宿七Rigel，約莫九百一十年前出發
北宋崇寧與二〇一〇
共譜同一刻星光夜語
獵人右肩參宿四Betelgeuse
小犬與大犬的 α CMi、α CMa
冬季大三角光芒，截然不同年代

最明亮的天狼，其實恒星兩顆
主序星白矮星各有軌道
共同繞行莫名的質量中樞

二〇一四年九月二日

輯四 水瓶伊始

抒情詩

不必抽血檢驗，我就知道
自己體內有漂泊的基因
表面安定，禁錮著
激盪不安的靈魂，隨時隨地都可能
破壁，改變離子交換的流向

窗外的遠山，看起來
時而寧靜如靛，時或雲霧飄渺
時或如長城
頑強阻絕北方波濤洶湧的暴風雨
迷茫逐漸逼近眼上

牆上兩幅中堂那對蒼鷹白鷹
適時拍打著翅膀
鼓動預備騰空的氣流
這時衝過去想關窗，來不及了
來不及了

只要剩下一絲縫隙
靈魂就衝竄勢若龍捲
凌虛御空，盆地在足下
這裡是這、那裡是那
誰是誰？不復重要

那些留在城裡的恩怨風雨
不復重要
不安的靈魂會找到光
找到可以歇腳、躺下、藏匿的地方
或許就只是另一尊尋常瓶子

二〇一五年八月九日

天亮酒醒

天漸漸亮，酒漸漸醒
曖昧的藍色時段；尷尬的半醉半醒
臉頰依然麻木，靈魂撐開眼睛
昨夜的斷簡殘篇
飄忽在目；不敢相信
真真假假，不敢相信
酒精淬煉的夢境

二〇一五年六月四日

初十一的月光

那種空空的感受，不是
天上一輪明月的皎潔可以填補的
即使，外加一朵朵滿天低飛積雲
像蓬鬆的棉絮
塞得盈滿，不盡然紮實

二〇一五年五月三十日

寅時的哀怨

這時候還醒著
睡也不是醒也不是
夜在這裡走到盡頭
天卻還沒亮
街頭七分鐘沒車
徹底靜寂
路燈失去意義
無人上路

倦鳥尚未甦醒
謅狗已經熟睡
半月仍高懸
東方，魚肚白
天似靛又玄
被未熄的燈渲染暈紅

醒也不是睡也不是
這時候還醒著

二〇一五年五月九日

雨夜十三行

這場雨下得不好
五月初，下得像早春三月
忐忑忐忑忐忑
後天立夏，三十一度C驟降九度
二十二度C的冬天是溫暖的
但現在，令人侷促不安
血管緊縮血壓飆昇，心神不寧
尤其在音訊全無中期待

夜晚風涼，不得不添衣
寥落的車劃過潮濕的高架橋

劃破寂靜，窸窸索索
再三提醒窗外有雨，雖然不大
再大一點，就能直接聽見雨聲

二〇一五年五月四日

舌尖躊躇

手機響起時，舌尖上半顆鎮定劑
吞也不是吐也不是
楞在那裡
等待的已經來臨，勿庸再克焦慮
消息是好是壞在未定之天
有訊息總比沒訊息好吧
躊躇著，還來不及呷水
躊躇間已不經意嚥下

不管消息是凶是吉或吉凶參半
聽完，再想清楚時

藥效應已徐徐發作
無論我怎麼決定，都貌似冷靜

二〇一五年四月二十九日

穀雨

正想把厚重衣裳送洗裝箱
一陣暮雨把晚春打涼
反反覆覆三四個地震
風鈴在窗前夜色玲玲瑯瑯

二〇一五年四月二十一日

模仿遊戲

那時，我們還在互相揣測
對方的Enigma；盯著電影
沒有可樂爆米花

我只確定自己不是圖靈
不是同性戀，對密碼學也沒天賦
但對愛情卻是敏感的
像那傻呼呼的美女截聽員
因為相信敵軍是人、也有愛
慣用戀愛符碼起始軍情

解碼的過程是美麗的，勾引女主角
心甘情願，成為男同性戀的精神伴侶
卻不可能是結局；密碼
遲早要被解開，即使長達半個世紀

我們倒不需要那麼久
從立冬過清明，就可以確定
最好是一輩子

二〇一五年四月十二日

寅與戌時

我在寅時夢裡做了一些決定
那是我清醒時會猶豫不決的，並且
痛徹心扉

那應該是個惡夢吧，記不真切
只記得有欺罔與不願意面對的真相
劇情忘得一乾二淨，只剩感覺
在醒來那十一分鐘有撕裂傷感

寅時夢據說最靈
好的不見得；壞的，百分之百

一整天沮喪
在會議與下個會議之間的空檔
一放空，就如湧泉
冒了出來

散步到燒臘店晚餐，再散步回來
我們從詩集開始，聊到兩岸
聊到北京危機到ＧＤＰ與產業結構
最後半導體與ＬＥＤ產業鍊
一九九〇年後出生台灣小孩的特殊競爭力
然後感嘆「可惜他死得太早」

喝下最後一杯茶時赫然發現
已經忘記痛徹心扉，或許
在清醒中做出夢裡一樣的決定

二〇一五年四月九日

啟事

七魄三魂，遺漏一條在南方
那裡沒下雨；雖然，也沒陽光

口沫橫飛簡報完科技效益
順便花三倍的時間，閒聊政治
臨別不忘勾勒一個美麗願景
最後呷一口茶才想起
好像弄丟了什麼，絞盡腦汁
卻連是什麼，都想不起

客套的道別在電梯間持續
十一分鐘，我偷偷滑看手機算計
這時仍然愈想愈想不起
到底是什麼成為懸念

怔忡一個又一個會議
便當午餐以及皮笑肉不笑
言不及義的晚宴，迄至凌晨
在雨夜窗前給自己倒半杯
淡薄、久置而發黃的吟釀
這才想起這裡下了一整天雨

雖然沒有陽光，蒼茫、陰鬱
至少那裡沒雨，三魂七魄
遺失招領；仁人君子如果拾獲
禮拜七之前，務必好心寄回

二〇一五年三月二十七日凌晨

星期一的雨，有點冷

這是一個寂寞的星期
第一天就下滿整日綿密的雨

氣象預報明天再降一度
加上今天的濕度
體感將重新回到冬天
好不容易告別的濕冷

誰都知道春分以後會愈來愈暖
短袖披上外套，仍令人怔忡不安

不確定的或許最美
美麗如戲，充滿張力

二〇一五年三月二十三日

春睡

害怕天黑，春意太濃
夜雨酒朦朧
恍恍惚惚心飄遠
逐日難及，夢寐一場空
黎明終將臨，輾轉反側
冷冷熱熱時候

二〇一五年二月二十八日凌晨

無題

我天黑時你燈剛亮
我像戰後歸來的馬
你剛剛踏上征塵
你強顏舉起歡笑的杯
我藉酒澆酸楚的愁
你的黎明我已醉死

夢境一片一片
坐在石階淋雨，不再亂跑
緊閉著雙眼抬頭面對
一遍一遍溫柔
某些藍色時段或者黃金天空
星星竊笑太陽月亮相遇

二〇一五年二月二十七日酒後

凌晨三點的霧

霧把城市變小
視野只剩三公里
高架橋尾端
湮沒在茫茫裡

霧把距離變遠
終點不知在哪裡
你那邊的燈
莫名感慨迢遙

霧把心變忐忑
前方愈來愈迷惘
該不該想念
雨聲淅淅瀝瀝

二〇一五年二月二十四日

昨夜

似乎有雨，飄忽在盆地的向晚
朝北巷弄盡頭的遠山，如夢如魅
城裡只剩我們，只要不恣意張望
只剩下心跳，忐忑逶迤
穿梭人群時彷彿聽得見
每一個陌生人，呢喃告解罪的劇情
一如史詩跌宕；暮靄並非沉沉
像電磁波無聲無形忠實傳輸
一個個封包拼圖般拼湊風光旖旎

帶刺的有梗的楓香果實掉落眼前
抬頭看天，榕樹糾葛著張牙舞爪
或許是一隻松鼠或野鳥莫名攜帶過來
或許是某個頑皮小孩的夢想實驗
從大廈某一層樓陽台欄杆，跌落下來

二〇一五年二月十二日

早春漸漸

漸漸不冷；是適應寒冷？
還是真是的不那麼冷？
躲在八斤棉被中揣測，或者期盼

午時初刻有一片陽光撒進房
小半杯昨夜禦寒的殘酒
頭頂天花板上，閃閃發光
睡前與醒來時想著同一件事

懷疑自己在睡著時夢了什麼？
淺眠、熟睡、將醒，是否一線貫串

睡眠各階段不同腦波？
起伏跌宕科學曲線中，是否
有什麼始終執著不變？

珠頸鳩今天叫聲有點不一樣
感覺比較清朗，不似凜冽寒風中的
哀嚎；或許它也覺得
漸漸不冷；來不及問
拉開沉重氣密窗，匆忙振翅飛翔

二〇一五年二月十日

等待

冬天的樹不必太多葉子
零星沒掉完的，或者早生的幾片
在灰濛濛的天空下就說明一切
我在冷空氣中想念，忘記已經立春
人物，這時比風景更加重要

遠方傳來緋寒櫻的消息
山區道路擁塞，阻絕早春的邀約
一瞬間盛開墜落只能緊緊把握

我在冷空氣中念想，忘記寒流正寒
故事，才會使人物刻骨銘心

二〇一五年二月六日寫前四句，
翌日修完。

水瓶伊始

等待是會疼痛的，雖然不怎麼激烈
左胸乳頭右下方瘰癧
隱隱筋結拉扯，牽動心臟、心律

想不以為意去忙些什麼，或者
倒四分之一馬克杯威士忌啜飲
或沉迷《冰與火之歌》魔幻寫實
劇情，再怎麼高潮迭起
冷卻不了上回合星光夜語

克焦慮錠克制不了夢境
仿單聲明：酒精會加重此藥嗜睡作用
那只是增加天亮後的疲憊、口乾
坐立不安、抽筋、步履蹣跚
持續細微顫抖；非常非常細微

在非常清醒、理性高速運轉會議中
無關夢的情節，自由乃至無厘頭
沒有原因沒有結果的，等待等待

二〇一五年一月二十日

晚餐

假裝不想，咀嚼
五分熟牛排時，卻想像
我們一起晚餐
今天沒酒；紅酒白酒啤酒
星期天全禁口
威士忌高粱，當然謝絕
清醒的一餐，或許
可以各吃半份豬肋排
外加合作吃一份
超大布朗尼蛋糕
打嗝前，聊聊心事

二〇一五年一月十八日

時箋

至盼愈來愈淡
豈知愈晚愈濃
盈月正當空，光暈屯蒙
難覓星蹤

大寒不遠，小寒將即
翫歲愒日，尾迓正好立春
興許能相見
乍寒還暖，惟冀珍重

二〇一五年一月五日

歲末

窗外霧正濃，風景漸遠漸淡
天開窗，光明溫柔擴散
鳥鳴稀疏，不見光芒萬丈
某些思念並不激昂
澹泊如霧，在瀰漫

二〇一四年十二月二十九日上午七點，晨起

輯五 沒人敢數遍它九十九扇窗

俊龍阿公

「我阿公到底是什麼人？」
（雨後的公園，有鳥戈戈，名稱不詳）
「欸……這樣說吧……」

台北／宜蘭有一條高速公路
命名蔣渭水；他跟你阿公一起
應該說……comrade，一起搞文化協會
那是……日本時代、台灣知識份子左翼運動
你阿公比他更厲害
還和經營之神女婿他老爸

農民組合，二林、甘蔗收購抗爭
把讀書人、農民連結一起

（雨完全停止；鳥叫不停）

「我在鼓浪嶼問路……」
站的地方，正好神州醫院舊址門口

夜黑天昏離鹿耳，風狂潮急出南瀛；
揚帆且詠歸來賦，西望神州點點星。

一九三二年二月，逃亡廈門
阿公寫〈船上詠詩〉
阿嬤老了、死前碎唸：
「去廈門，找阿公……
都是那女人……阿女」

他背離島嶼
入黨總書記是叛徒李立三
這邊或那邊，故意把他忘記
「阿嬤吃到九十，她很愛他」
我們散步的公園
從前刑場；如果沒走
也槍斃了，就算騎著白馬

二〇一五年九月八日

附記：好友陳俊龍，牙醫界奇才。他的外公李應章，早年在彰化騎馬行醫聞名。一九三〇年代初參與農民組合／文化協會遭日本殖民當局迫害，潛逃彼岸，改名李偉光，創神州醫院。中日戰爭期間在廈門、上海行醫，走私醫療用品，救人無數。在白區加入中共，時李立三時期，解放初期鬱鬱而終，終身未返台灣故土。一說李應章困崇拜謝阿女（台灣共產黨領導人謝雪紅）而拋家棄女赴大陸。照片為李應章。

野狼兜風

佇足大道的盡頭，喘息
憲兵英姿颯爽，便衣鬼鬼祟祟
只能右轉
走進沿松溪蜿蜒的街
「那是孫中山的兒子住的……」
那時騎車不必戴安全帽
前座壓低聲音，在風中
聽得刻外吃力

那是一幢和式房屋，圍牆傾頹
匍匐的羅漢松伸展出來

隱約可見有一邊斷垣殘壁
書與文件像血淌流院落

猶豫著要不要探險
一張紙隨著妖異的風飛過來
直撲顏面
伸手一抓正著，風吹日曬雨淋的舊牋
應聲碎裂
只抓住一小片，信末署「科父」

野狼的兜風並沒因此結束
我們繼續隨路蜿蜒向東，或者東北
再度認得路時
是一路小公車的站牌：冷水坑

二〇一五年九月七日

附記：一九六五年，落魄海外十六年的孫科，在粵系立委梁寒操等人奔走下，蔣介石同意其來台定居。向蔣屈服後的孫科，頗受蔣禮遇，撥給陽明山新園街原蔣自用的第一賓館居住。孫科一九七三年逝世，我造訪該處時，大約是他死後十餘年，當時無所謂「文化資產」概念，故居任憑破敗。

迷路菁山

我在平等里迷路；那年代
哪有什麼平等？闖進谷地問人
像桃花源溯溪而至的山村
展開如扇，結果「土匪窩」他說
又叫燒焿寮；你看，漫山遍野桂竹
燒成灰燼和水，可以瀝出鹼
裹粽或者做粿，彈牙黏齒

我蹲在福德宮前用土地公眼光瞭望
風吹竹葉響，對面山脊看起來和緩
我決定自己走出一條路

未必有人走過的路，就正前方
朝看起來不高的小草山前進
繞來繞去的鬼打牆，十分厭倦
一直往前，趁著斜陽還照得進來

登上分水嶺就感覺「對了！」
腳下有一條不寬但畢直的柏油路
臨路還有人家，燈光已經點亮
只是初暮，磚石砌成碉堡，依稀清楚
有墓室般的窯洞，有射擊槍孔
有青天白日滿地紅旗，徐徐升起
在如狼嗥的狗吠聲中，號角中

沒人說出故事；只能當夢境典藏
直到多年後一次飯局偶然說起：
「院長要不是搭廣州最後一班機
飛台北，那年十二月，堅持帶著

超重的兩大箱黃金，才三個月就下野
吃什麼？哪來能種洞？」
酒過三巡，閒話變得沉重、黯然

「也是簡大獅活動的地方。」
就在火燒寮；攻打台北城不果被招安
奉令重開魚路，暗地裡建土匪窩
前後三年，兵敗偷渡彼岸
卻被清軍逮捕、日軍引渡處斬
傳說留下一篇獄中陳情，大意是：
怎是你們抓我？怎是你們抓我……

菁山如棋；五十年前五十年後
一樣令人迷惘迷途；又五十年的現在
不同的飯局說不一樣的故事
情境卻一樣世事如棋，如夢境
如熊熊大火中的蒲薑木

僵持著不容青史盡成灰，如果
再走一次，沒把握不迷路

二〇一五年九月六日

附記：三十年前，我住在陽明山下竹林，往東邊山區散步，條條山路撲朔迷離。有一次迷路，誤闖一處山間谷地村落，地形如扇，有溪澗至，就像傳說中桃花源。此地名火燒寮，又叫土匪窩，簡大獅出沒處。從這裡士地公廟越過對面永公路山脊，即閻錫山故居、墓園，一九八〇年代尚有其侍衛駐守，晨昏升降旗，如軍事基地。閻王流亡台灣死亡之處，蓋得如碉堡，因思鄉挖築窯洞，洞名「種能」，其世界觀也，很有意思。閻錫山一九四九年十二月，從廣州搭最後一班機來台，不顧飛航安全，帶了兩大箱黃金；抵台不過短短三個月，蔣復行視事，閻辭閣揆下野，就靠著這些黃金買地築屋耕田，與舊部共渡餘生。圖為孫科。

想海

凌晨三點忽然想起那一片黃海
穿著黃色T恤的人潮洶湧整個城市
這場景，曼谷、台北、香港、還有
一時想不起哪裡都曾用不同顏色
渲染過；有些只一、兩天
也有經年累月，彷彿上一世紀
終戰前後那些年，迄至六〇、七〇年代

天氣不因為顏色改變，該晴
就放晴，該下雨就下雨
該陰沉，就不會漫天陰霾，甚至

連樹葉的顏色，也不會因為
人潮的洶湧變深或變淺
有另一套人改變不了的規則
襯托出現場激昂與感人落淚

人海總有散去的時候，像
散會的盛宴，最終一片清冷
很快像什麼都沒發生過一樣
上班下班車陣一樣擁塞，三五成群
討論今晚到哪吃飯、喝酒、交配
有關顏色的議論或許會穿插
一個月、一年，但不會太久

總是會淡忘，遺忘，一直到下次
又想集結才想起上一次；上一次
有些人的頭髮花白，有的痛風
有的不良於行，也有些習慣

穿西裝打領帶，皮鞋不適合走街頭
印象中這種海少不了雨
大約晚午，常常突然一陣

二〇一五年八月三十日

藍眼淚

——忽然懷念一位久逝的工運戰友朱寶華、馬祖人

不想知道眼淚為什麼是藍的
天是那麼的黑，唯有熬過黎明
滄海共蒼天一色，才能隱瞞

從沒見過真正的眼淚
印象來自別人的單眼
在夢境與清醒中反覆思量
從未造訪的小島上，有人在等候

想起一段活生生的神話，主角
是一對相依為命的孤兒夫妻
罕見絕症纏身的小女人
說起她死去的爸爸，依稀記得：
她吃力的用了半個小時描述
那種漁船撈起神像之後
每天半夜從睡夢中神遊辦事
醒來時雙手搏鬥
以及被繩索綑綁的血跡斑斑

記得她丈夫深愛著她
邀我吃故鄉寄來逾尺的大黃魚時
細心剔骨小口相餵
似乎故事中育幼院的童年
我們經常徹夜長談組織工會
以及上街遊行抗議，她靜而虛弱旁聽
直到有一天健壯的山忽然倒塌

急性肝炎，一週死亡
最後問我：「傳單弄好沒有？」

多年以後輾轉聽聞她還活著
他大約死了二十多年吧，那時
海邊斷崖下
好像還沒淌下藍色淚影

二〇一五年七月二十九日

六四懷故友阮大方先生

一九八九，你率隊破冰北京（參加的好像是羽球賽）
結果流連街頭
街頭正在吶喊徬徨
球賽或許也十分激烈，沒人在意
連帶隊的你也不看賽事
壓低帽子鑽進胡同
在昏黃鎢絲燈泡下
講述一九八〇年代初期，鞭屍蔣介石
與街頭小霸王，最後組黨
比賽還沒結束，你就被恭請
出境，宛若當年

寫一系列中華民國拒絕美方
要求接管琉球附帶釣魚台的請求
父執給你一張便條取代機票
倉皇出境
宛若當年，在美國連載《蔣經國傳》
「母病速歸」，倉皇回國

「我媽媽人好好的。我從此被軟禁
三年：不准寫文章、不准見黨外」
二〇一〇，你們倆在台北終於再見
說起二十多年前那次濶別
葬禮後那天晚上，一起和靈媒Lisa
討論破案：
「This is an end of a dynasty」她說
拼湊出可能凶手
從此失去聯絡，直到下一個世紀
才有對方消息

一九八九那件事
當然在互敘別後的漫長故事裡
我給他們準備咖啡、點心
「人生太苦，方糖要兩顆」你說
故事的對談歷時一年、共七八次
好幾次想拍成紀錄片
反而沒記筆記——最後一次
你送禮物來，一生珍藏分贈朋友
把藏書捐出以後，話都難說了
喉頭腫瘤天天長大
我們用筆談，然後虛弱得提不起筆
我耳朵貼近你嘴邊，隱約聽見
「他的總統是買來的，我有證據…」
我嗅到一陣死亡的惡臭
從他五腑六臟漫溢
「身體好一點再說」當時我這麼回答

那一夜凌晨
我再趕到時，你已把插管拔下
我眼睜睜看著
機器的聲音與燈，停止閃爍

二〇一五年六月四日

陣雨淅瀝

——在某經濟部長故居對面打牌

牌局中一陣雨聲淅淅瀝瀝
從屋後廚房外，到屋前落地窗前
恰好邊章三條自摸
門清一摸三獨聽青發西風二花七台
洗牌淅淅瀝瀝，擲骰子
在紙上旋轉聲音清晰可聞
這時雨停了，就在他故居前那條巷子
故居院落裡不知名的花香
隨一陣雨後清涼的風飄進屋
夾雜著一點點水氣滋味

這手牌很爛：只有四搭
孤章都是三七二八
對面故居裡想當然爾草擬過若干
經世治國大政方針
雖然幾經翻修，桌面必定殘留筆痕
三搭落地震驚四座
只有我自已知道是假
虛張聲勢容或振奮人心
解決不了問題
解決不了，但非解決不可

「從前這房子前後都是老樹。」
像住在森林裡「現在前後都是高樓。」
（我想起建築法規有關「日照」規定）
陣雨飄過去後天色已暮，這一天
沒有夕陽，提早亮起的燈
從前後高樓投射進屋

牌桌上明暗交錯
有一張九萬閃閃發光，那張
陰影下的八索十分黯淡

二〇一五年五月三日

彌敦道

熟悉的繁華的不夜的街
現在警察催淚瓦斯伺候
我記得我曾經承諾
要帶你們走一趟古蠱仔之旅
逛逛廟街花園街
到砵蘭街看看十三妹
到廣東道摸玉賭石
路過那家酒店時
憑弔我那被亂刀砍死的雙花紅棍兄弟
「能不能約幾位喝茶？」你們要求
我望著從前二十四小時野雞廣場

想著我醉後對樹撒尿的公園在哪？
有一點悠悠嘆息：
「新義安14Ｋ都去了深圳內地。」
我們實際來訪時
只剩滿街周生生周大福
海防道魚蛋檔原址賣起金子
我暗忖思尋：
這樣的壓迫感會不會使人革命？
回來台北才一個月
那幾條傳奇的街
在電視上擠滿了人
不是牛佬畫的社團開片
不是人擠人擠走香港人的內地客
不是包圍油蔴地警署
是槍桿子
把十五、六歲的抗議學生趕回家

我隱約聽見
羅湖關閘有坦克

二〇一四年九月三十日

沒人敢數遍它九十九扇窗

海邊山崗上一棟巨大洋房，
沒人敢數遍它九十九扇窗。
據說是九州府陸佑公司別業，
主人搭飛機空中罹難，
管家開起餐廳給自己發餉。

考上中學那天晚上，
父親用一天的薪水，
請我吃一客丁骨牛排大餐，
一家四口坐在洋房走廊，
黑暗中的海風狼嚎鬼嘯。

高聳木麻黃下的下午十分涼爽，
搖曳的樹冠，半掩赤道驕陽，
半大不小的松鼠跳躍不過枝幹，
趴一聲跌下樹竟然沒有受傷，
翻身而起只有點搖搖晃晃。

我總在陽光下繞著洋房打轉，
偷偷數著五彩繽紛的玻璃窗；
中庭是禁地，據說有鬼魂遊盪……
我鼓起最大勇氣的一個向晚，
白色魅影哀鳴著飛越幽暗長廊。

洋房睥睨著紅毛和土酋的樓房，
寧宜河沿岸盡是公司採錫礦場。
有位伶牙俐齒西裝畢挺的老鄉，
來這裡募捐買槍的大洋，
幾年光景，民國銀元鑄上他的大頭像。

海邊山上林裡這棟巨大洋房，
或許是神秘客人秘密聚會的地方，
可能在密謀一場遙遠的政變，
也可能是不朽僵屍百年聚首，
總之，沒人敢數遍它九十九扇窗……

二〇一一年四月一日

附記：這棟洋房在馬來半島的Port Dickson，真屬於陸佑家族，也真有一家叫著「九州府陸佑」的公司，二代主人陸運濤空難身亡，只剩管家打理、營業西餐。孫文曾到鄰近的芙蓉埠募款，九州府陸佑公司的當家鄧澤如，追隨孫文到中國革命。傳說這棟洋房鬧鬼——鬧鬼，好像是每棟破落大屋的傳說。

輯六

小滿躊躇

密雨臨窗

雨濺越紗窗濺到我的赤膊
電風扇忽然格外清涼；下雨了
窗外一陣迷茫由南而北
瀰漫整座城
五百公尺外再沒有風景
拭淨老花眼鏡細微水珠，嚴肅思考：
行為才是真實的告白？或者
說出口的話才可以採信？

這是將近七個月後的一個星期天下午
賦閒在家，甚至沒半通電話

我才感覺到：
雨是會穿越紗窗濺進來的
不久書桌上雜物竟慢慢濕成一片
連同原本感覺不到的薄薄一層灰塵
糊成一片，黏黏的

雨似乎沒有停的意思
但窗外應該不會更模糊了
五百公尺範圍內的風景
大致清晰可辨
不能想太遠；遠方唯有靠近時
才能清楚，自己清楚

二〇一五年七月十九日

重尋碧落

醒前反覆兩句：「夢好難留，詩殘莫續」
不知何人手筆？

二十年前，這情節
唯有反覆推敲
四言絕非唐詩，哀怨彷彿南宋
鎖定一個範圍，譬如《宋詞選》
細讀從頭若大海撈針
或者柯南、福爾摩斯一番
不放過記憶所及
琢磨每一個可能聯想這兩句的末節

通常徒然；卻十分療癒
讀著讀著，想著想著
一不留神就忘了初衷要找的兩句
迄至下一次夢，或偶然又想起
或者永遠不再想起

現在簡單：八字輸入搜尋
來不及揉眼就納蘭性德
康熙來不及盛世，年僅三十
就葬京西皂甲屯
現在海淀，早算是繁華市區

二〇一五年六月二十一日

＊「夢好難留，詩殘莫續」二句，出自納蘭詞〈沁園春〉。揣測我少年時可能在梁羽生武俠小說中讀過，昨晚不知緣何入夢？一早Google而得。

天亮時的呢喃

聽見鳥鳴，眼睛還沒睜開
就聽見；天應該還沒亮
或者微明，乾坤屯蒙
這是啟程以前最後的溫存
午餐時預定在天空的驛站轉機
天黑時或許也會聽見
倦鳥歸巢爭鳴，那肯定
是不同緯度種屬迥異的聲音

不想睜開眼睛，衷心禱求
夢境延續到鬧鐘響起

那時天應該剛亮，匆匆
沐浴更衣，提起昨夜及早收拾的行囊
開門的聲音或許會把你吵醒
關門時聽見
來不及回應的一聲道別
電梯恰巧把門打開

電梯開門時一陣陽光
灑遍院落，包括那棵巨大的茄苳
一隻麻鷺正好嘶啞長鳴
司機笑盈盈打開車門說早安

二〇一五年五月二十四日

躊躇小滿

歲近小滿時，後半截冬天
和一整個春季的密集反應趨緩
呈現階段性相對穩定，我想
這就是所謂的「小滿」吧
不甚愜意但是好的開始
開始有不可逆不可分割的現象

密集反應的關鍵原來在溫度
冬至到立夏這一百多天
正是這緯度一年中均溫最低一段
十字花科的大白菜、白蘿蔔與高麗菜

格外甜美，柑橙柚一族盛產
魚脂豐厚

反應趨緩是因為溫度升高
微生物活躍，些微的溫度升高
就足以讓化學變化加遽而不可測
稠醪可能變醋、成酒
或佳釀或劣酒，甲醇或許超標

這時候才至關緊要
美好願景變成海市蜃樓，或者
錦繡前程錦上添花
取決於容易輕忽的魔鬼細節
戰戰兢兢，如履薄冰

二〇一五年五月二十日

藍色時段

——和羅炯烜、謝建平二位仁兄夜飲詩

酒醒走上店外，已經藍色時段
東區、條通，廣州街或溫泉
豔抹一樣掩飾不住蒼白
再怎麼富麗的門面，如果
從後面離開，一樣灰暗的水泥牆壁
紊亂的熱尿濺不掉嘔吐穢痕

她或許也叫妮可，長而翹的假睫毛
若即若離。不必留電話
「鈔票上號碼就找得到我」

夢境一般的醉死前記憶昏暗
一小片一小片像拼圖
絞盡枯腸缺乏那一片就不成影像

有人聲嘶力竭說頹敗的理想，以及
選擇記憶的英雄事跡，有人
說當年牽一下小手換一部賓士
有人誇耀贊助一枝柱子，有人
哭泣，小孩、媽與父債
每一回合骰盅輸贏，一概乾杯

在一整個游泳池的威士忌中
努力游努力划，岸看似不遠
卻更輕易沈淪溺斃
在有時聞起來香有時很臭的同一種味道
藍色時段
回家，或街頭臥倒

二〇一五年四月三十日

春分

黃經〇度，陰陽各半
這一天地球歸零重啟
或許這才是真正新的一年開始
大草原上，太陽離開雙魚
進入白羊座首日
亙古盛大的納吾肉孜節
碎葉河畔李白不識字的童年
或許也在歌舞人群中

十五觀奇書，做賦淩相如
十七歲拜《反經》趙蕤為師

從此闖蕩江湖，一生漂泊
幾頁傳記，讀來彷彿

想像大草原是智人出非洲
第一個驛站，從此各奔東西
有人沿著海岸線或行或泛舟
有人一路往北方酷寒
有人徘徊有人折返
一切決定，全憑天上幾顆星星
日夜各半，那時早已發現
原來生命，每年可以歸零重啟

出生山城，吹著海風長大
十七歲闖蕩到台北，半生漂泊
多少次渴望歸零重啟
春分秋分，依然如故

二〇一五年三月二十一日

平安夜

二十歲的平安夜，沒人找我
隔壁前院撒滿保麗龍人造雪
一群盛裝女大學生報佳音
徹夜狂歡嬉鬧，緊貼著牆
就聽見酒醉的嬌嗔，嬌喘
天亮時院子裡孤挺挺聖誕樹上
披掛著紗帽山腳的霜，以及
縱情隨手一扔的一隻黑絲襪

三十歲的平安夜，酒店Party
九點鐘高調帶進場，五點鐘

陪到婚紗店化妝，禮服要露奶
公司規定裡面要穿丁字褲
爛醉的手，撫摩仍有感覺
褪盡時仍需求朦朧性感
天快亮時醒來，在異鄉
幽暗小賓館，忽然莫名孤獨

四十歲平安夜，徹底忘記

五十歲平安夜讀Levi-Strauss
在教徒們的孩子面前
聖誕老人在第戎大教堂前庭
被處以火刑
以為基督的節慶的象徵
Paganisation令主教焦慮撻伐
狂歡或戰後美國文化入侵，縱情
或幽暗，一概與我無關

我甚至連拔開瓶蓋
給自己倒半杯威士忌的心情
也沒有；早早入夢
只要還能看到天亮就好

二〇一四年十二月二十五日

＊陳為廷自爆性騷擾事件有感。

最短距離

輾轉讀到這句張愛玲：
男人與女人之間最短距離是陰道

時有風吹幡動
一僧曰：風動；一僧曰：幡動
進曰：不是風動，亦非幡動，仁者心動

仁是兩人

不等　196

讀到這句是冬至前夕
冬大過年，虛歲五十
才發現：宇宙捷徑被當作往返遊戲

難怪，再怎麼歃血為盟
兩脅插刀赴湯蹈火，恩義總不及
「天亮前我決定再看妳一眼」
最短距離的眼神交會

我今見聞，願解風幡真實義
終戰七十年，平均壽命
五十提高至七老八十
重新定義，或許僥倖來得及

二〇一四年十二月二十一日

*讀蘇明達兄網誌有感。

黑板與魔鬼

每棵樹都逐漸有了名字
除了每天見面高聳的那一棵
我查了好久好久
對比葉子、樹皮與樹形
推敲彷彿名叫黑板

冬雨放晴爾後冬雨的早晨
隔著車水馬龍一條幹道
我遠遠看見樹梢
盛開著圖鑑上描述的淡綠花朵
確定它是南方來的Devil Tree

我想它應該有個神話
快速生長猶如魔鬼
至於為何又與黑板有關
可能魔鬼總在黑板前說話

不管黑板或者白板
板上的文字總是別人的話
喋喋不休只是鸚鵡學舌
真正的道理絕不在這裡

真理在黑板與魔鬼後面
探索黑板後面未知的世界
偷窺魔鬼虛弱的時光
有一條柳暗花明的曲折小巷
娓娓述說名字以外的真相

二〇一二年十一月二十九日

路邊樟

龜裂的樹幹何其蒼老
嬌青的嫩葉活力四射
鋸枝的傷痕隨著歲月成長
修正筆直的軀幹奮力向上

桀驁的枝椏八方綻放
稀疏樹冠擋不住陽光
見光的土壤雖只三尺見方
擋不住根正苗紅拼命簇竄

水泥封禁的都會牢房
跼促不了生命的猖狂
只要你帶走一顆黑亮核果
就有機會蔚為美麗的林相

二〇一一年一月十日

輯七

半輪明月當空

半輪明月當空

一個男人的任性，絕非
明媚的月光可以阻擋

半輪明月當空，彷彿就在巷口
圓環路燈上，雲來雲去
雨過天晴的街頭忽明忽暗

一陣晚風吹得樹葉窸窸，聲音涼爽
夏至後第三日，白晝正長
現在的夜都不會太深，頂多子時
酒醉酣酣

二〇一五年六月二十八日

關門

有一扇門被關了起來
關起門就什麼都看不見了
看不見了；裡面
原本有張靠窗的書桌
窗簾或許有點舊
窗外的陽光明亮，綠草如茵
遠方有樹，如墨暈染
那是希望是想像

有一些陽光灑在書桌上
塵埃因此漫漫
停滯在虛空
門被關起來就打不開了
沒鑰匙，就打不開了

二〇一五年六月十七日

山茶

來不及綻放就灼傷
褪色；桃紅花苞泛白
花瓣的邊緣焦黃
垂頭喪氣

幾場暮春的雨來來去去
陽光下的風，不再清涼
溫度計改變了定義
穀雨一過，就是立夏

不等　206

反正擱在角落
沒人在意
哪朵曾否綻放
早晚墜落，化作汙泥

二〇一五年四月十六日

客次

醉醒時發現，客房有一溪潺潺
依稀印象「很乾淨，可以舀來喝」
推窗探頭彎腰，水流彷彿經過床下
在屋腳與大小卵石間淌漾徘徊

一朵粉紅色的山茶花，在幽暗
與波光粼粼之間逐流打轉，格外楚楚
那一瞬間就想，像李白一般去掬月
探出窗外上半身重心差點失去平衡
恍然大悟：其實只是一心解渴

不等　208

每一秒鐘都有水流來，有水流走
想掬的並非遲早枯萎凋零的奪目的花
解渴是水，只需來來去去之間
任意舀取一瓢，山茶自有去向

二〇一五年三月二十九日

造訪

以為愈來愈近
結果愈近愈遠
一望無際的平原風景
註定湮沒在遠方，在暮色裡

列車高速急馳，來南往北
交會一瞬間車體晃動
令人迷惑：是磁吸效應？
或單純力學原理？

城裡除了天空
難得如此無際
眼神所及日夜開燈的室內
或頂多高牆以及山巒背脊

遠行歸來的靈魂能否再度關閉？
南風把陰雨吹到北方
北方的城裡濕濕冷冷
纏綿一整天的雨

二〇一五年三月二十五日

蝶影

一隻蝴蝶徘徊在玻璃門口
看不清楚，距離太遠
它要奔向外面？抑或闖進來？
這個時節最難論斷
是逃避寒流？或者趨向陽光？

蝴蝶在玻璃門口飛舞良久
一不留神，就沒影晃動
一個小小黑影好像一動也不動

可能是蝴蝶，徬徨過久疲憊佇足
距離太遠，看不清楚

二〇一五年三月二十一日

機艙外的黃昏

如是我見：失去光芒的太陽
沉沒在雲海裡，紅色的球
失去了光芒，才看得清楚

一條雲被餘暉染紅，像彗星
紅色彗星寓言東方有龍
抱著三顆龍蛋，走入火中的少女
天亮時未焚者抱著
絕跡百年的三條龍走出來
宣告新力量新時代崛起

紅色彗星其實只是暉映的噴射雲
飛機噴出的熱，在冰冷與水份中
凝固成雲；不是傳奇也不是ＵＦＯ
飛機窗外向晚，和地面不一樣

失去光芒的只是太陽
餘暉留在蒼穹，繼續述說故事
用一種異國風情的敘事腔調

二〇一五年三月九日

未時最後一刻

吃完麵時一陣靜謐的雨
車墊漉漉，路面剛剛打濕
喜歡依偎麵攤爐火喝湯
頭也不回，放空攝食
怎麼發現如魅的縹渺
已經接近，瀰漫，浸潤
雨遮外面的紅塵世界

半裸的饅頭雨水滲透
枯萎的芥蘭生機昂然
同一陣雨有正負兩方向量

在我低頭穿越時候
交錯千絲萬縷
無風的雨，像網

水燒開時忘記了外面飄雨
清洗昨夜茶盤、壺、杯時
海沉青花小盞中，一抹殘跡
再怎麼使勁也拭擦不去
應該不是隔夜殘茶
應該是更舊遠的訊息
應該在告訴雨的極機密

二〇一四年十二月二十五日未時最後一刻

絕句三品

秋陽

閃耀熠爍，小寒流
只造訪一夜，翌日陽光
像酒，金黃色濺滿溢地

水母

雖然沒腦，神經元
與感觸器，已足以自主
向食物、生機方向前進

風暴

老是說雲，一朵雲
就可以說上半天，說得
彷彿就可以，呼風喚雨

二〇一四年十一月二日，
絕句三品，練習「借代」與「舉偶」。

登山路

兒子登山
志在攻頂
我和女兒
貪戀風景

他的山
志在睥睨
我的山，蒼涼
我只想
在不起眼的路邊石頭
發現史前的文

女兒的風景
和我的，不一樣
她想找一隻蟬
在盆地裡尋尋覓覓
卻找不到的
蟬

二〇一四年七月二十日

三貂嶺絕句

聽見列車馳來，跳下鐵軌
回頭等著看，看見列車馳來
看著列車馳去，翠鳳蝶悠悠
寂寂聽見，溪底澗鳴漸響

二〇一四年七月二日

殘圳

棋盤的都市
四十五度斜的街
夢境的水圳
演繹盆地的歷史

盲腸般的方正水塘
掐頭去尾的河
百歲的烏龜
載浮載沉
說不出口

二〇一四年二月二十四日的早晨

雙溪左岸

原以為草地上零星的黑色點點
全都是結黨要流氓的異種八哥
一個快速竄動的斑駁身影
提醒我，要注意

透過長鏡頭從溪左偷窺對岸
赤嘴黃嘴上有毛無毛或是否白尾
我從簡單的景象，閱讀到複雜的關係
其中，有搶地盤或雜交滅種等等問題
體形碩大的未必留存

卑微求生的，未來或將是主角
演化的暇想有種種可能
左岸因為有點距離
正好能看清小小整座芝山

二〇一二年十一月二十七日早晨

早安

滿樹的綠繡眼
在百年古樟複雜枝椏間嬉鬧
成群台灣藍鵲
在兩棵雀榕間抖動長尾滑翔
狩獵中的蒼鷹
反覆盤旋在劍潭山上的低空
這是我居住的城市嗎？
怎麼我只記得——

煙霧瀰漫的密室裡的勾心鬥角
鶯鶯燕燕的包廂裡的杯觥交錯
以及從地下室走出來的刺眼晨曦
我的黑夜曾經比白天更光明
我的清晨比燈紅酒綠更多姿多彩

二〇一二年九月十七日

路樹

原本只認識「榕」
特徵明顯，鬚根張牙舞爪
從印度、東南亞、中國到日本
只要落地，馬上生根

後來才知道「樟」
樟腦曾是這島嶼貿易的命脈
樟木盒裡契約三百年不蛀
樟林段土地早已物換星移

最後我迷信「茄苳」
每一顆猙獰根瘤盡是怨靈的化身
忙碌的年關開花前短暫的落葉
卻讓我意外「秋風」遍佈亞細亞

二〇一二年九月八日凌晨

註：秋風是茄苳的別名。

輯八

間切

南洋假寐

我的愛情迷失在紅彤彤的樹膠園裡
突然不見了，有一年
漫山越嶺排列齊整的林
每一棵樹上懸掛的膠杯
收膠汁的桶、大秤，以及
深藏在綠意中的巨大廠房
通通不見

我懷念起尋常
林間隨便撿都有的種子
一面圓滑，一面有脊或尖或扁

深褐亮棕，一若豹有斑紋
左右手心各一顆對壓，破了就算輸
對決，玩弄整個小學時代

樹膠園在記憶中愈來愈紅
快要過年的時候，彤彤如火
有時候，就熊熊燃燒起來
紅葉、野火、晚霞
把記憶焚化隨風，通通不見

二〇一五年九月八日

雨聲有街

雨聲窸窣，山巖一片幽暗
陡峭石階想必路滑
遠望感覺有人踽踽，不敢靠近
汲汲沿路急行

雀榕此刻纏勒如魅，楓香鬼爪
濱海孓遺譬如血桐折枝淌血
餘光夢幻泡影，眾目睽睽
驚懼，痛楚，強迫

偷窺風景：林間墳塋亂葬
夜鷺悲鳴彷彿夜梟

啞口低頭前行急急如律令
良久覬覦又是亂葬墳塋林間

以為鬼打牆，忽然指路
攤開地圖，游標順路繞圓圈
莞爾霎那，仙人不知去向
忘記留下孫吳不及秘書三卷

重聽雨聲窸窣，幽幽山巖
似乎竊竊叮嚀：
功成名遂，身返山林
不可違負，謹記在心

二〇一五年八月十三日於半達章書房

備註：台北市士林雨聲街，繞芝山岩而行。若干年前，我常悠遊於此；剛才忽聽窗外夜雨窸窣，憶景而成詩。

富貴紀行

錯過老梅，崩山口下車
盛夏海風炎炎
回首兩山之間，凹陷處幾戶人煙
想當年岩漿奔流到海
戛然凝固成崙，崙頂、埔尾
兩顆饅頭山丘，渾圓滾滾

遠方座山，是屏障盆地的
大屯，千萬劫休眠諸火山
東北飄來烏雲濃郁

泊在稜線，休止了氣象
預報的午後雷陣雨

沿著濱海石槽散步往岬角
晚春的盛綠錯過
裸露出風化海蝕原始猙獰
這裡沒有旅人
沙灘被風吹皺的痕跡上
沒有人獸步印

岬名富貴，西班牙Hoek音譯
土名打賓，悠遠古老
融化的巴賽族海商，應如是稱呼
跳石海岸古道繞行海角
想起馬偕，淡水到基隆艱辛航程

這裡是本島極北端
兩顆空軍雷達
像緘默運轉的核子反應爐
像雙眼，監視茫茫大海
北方東海風雲的詭譎

夢想是一趟富貴旅程
跋涉過岩岸節理坎坷的繁華
最後只看見
風稜石沿途磊落
夕陽恰巧墜海
輝映幾個黝黯稜面
敘述來自不同方向的風波

二〇一四年八月十一日定稿於金山

大暑逾半思楓

想像騎樓下那株密集的雞爪槭
入冬以後紅彤彤擠出見天廊外
（現在大暑逾半，迎向立秋）
七月份最後兩日，趕在午後雷陣雨前
上山下山；張羅桌、椅、隔板之類
雜七雜八的瑣碎
安慰自己：長城是用磚
一塊塊疊起來的，一塊也不能歪
藍圖其實拼圖
夢想用碎布慢慢縫起來

鄭和或哥倫布，乃至林奈、達爾文
大約都曾在裡面疑惑，躊躇

然後縱身一躍
不過他們都應該沒見過雞爪槭
尚且一片油亮翠綠，就預言
今年冬天火紅火紅一簇

二〇一五年七月三十日

再訪老梅石槽

去年夏天大概來得早些
石槽還是綠的，油油一片
沙灘上連野狗腳印都沒有
相形之下，今天
遊客足以讓烤香腸
與石花菜冷飲，擺出幾攤生意
推斷去年　造訪肯定在暑假開始之前

去年是從崩山口走下來的
順著百萬年前岩漿川流路徑
佇足長考：

為什麼岩漿奔流至這片海域
嘎然而止，冷卻凝固

去年我的世界還沒有你
那是不一樣的；當然不一樣
就像兩度造訪島嶼最北端岬角
除了時間，還有其他不一樣

去年有人在沙灘上插滿
一個方陣招魂幡「拍電影；我們在拍電影。」
一年過去，我始終沒看過
哪部電影有這一幕

二〇一五年七月十九日

盛夏楓紅

小暑楓紅，在山間野店一隅
在漢語經由日語音譯台語百六砌的
巴拉卡公路某段

大暑前的山上，雖只有二十五度C
仍不足以錯亂季節成深秋吧
紅楓五爪，沒感覺想抓住什麼
只盡情伸展、舞爪

公路兩側茂密箭竹林像被利劍削過
（那碟劍筍是我吃過最爽脆的）

「不知道是不是車子發出怪聲音？」
那一陣突然高亢然後有節奏衰竭的
像重金屬的機械鳴響
後來有位老人家十分篤定說：
「那是一種蟬在叫。」

好像有經過一處也叫奧萬大的林場
深綠一片，一樣伸張五爪
但沒有半葉楓紅；沒有半葉楓紅
那野店一隅吊掛盆裡那一株
楓，怎麼在最熱的三伏天
紅在哪裡？

沒有人想去想這問題，就像
過了那段山路，蟬不再嘶鳴
於是選擇忘記那高亢有節奏的衰竭

盤旋著下山的路，霧忽然散開
向晚陽光灑出遠方一片金光粼粼大海
我暫時忘記
大暑將屆的楓紅，以及
那一種蟬的重金屬感

二〇一五年七月十九日

旅次

原本熱鬧相約
忽然孤單旅程
發車五分鐘，還沒闖出
地下車道的幽暗

月台掠過冶艷
忽然想要下車
下車又如何？不過張望
出口處人海茫茫

窗外風景應該熟悉
只有南北，沒有東西
漫漫長島
每一場次，劇情迥異

瞭望或者鳥瞰
向陽或者背光
相同的驛站，不同定義
小寒難得暖暖

出站匆匆一瞥
認識多年卻不熟的
朋友；矜持著，沒敢招呼
此間似不該相遇？

異鄉女皮膚白皙
流連吸菸區借火

坐姿伸直長腿
浪跡天涯才能放膽恣意

二〇一五年一月六日詩成南下高鐵，翌日酒醒續成。

芝山岩的青剛櫟

想撿一顆青剛櫟，因為好奇
因為名字威猛，因為卡通
《冰原歷險記》松鼠Scrat的堅持

就在這棵樹下，徘徊若干年
像賊一樣認真的掃瞄腐植地面
認真研究樹型、樹皮與葉片
考證季節，遲來或早到

味道據稱苦澀，富含哺乳亟需的
澱粉蛋白質，可能還有

脂肪、礦物質、某種微量元素
或物種繁衍的神奇力量

始終沒找到；這棵樹下找不到
別處丘陵地原生林裡，肯定有
但我不想跋涉，堅持在這裡

看見松鼠在樹冠之間飛躍穿梭
有鼠有樹，只差一點點時機與緣分
就會聽見啪一聲落地，媲美牛頓

二〇一五年一月四日

間切

北緯二十六度半，島嶼初夏
逼迫我想起，三十年前
赤道海邊成長歲月
海風徐徐，吹皺烈炎波光
走進樹蔭馬上清涼，昏昏胡思亂想
那裡，有Shell與Esso
徹夜煉油燈火通明，這裡
嘉手納與普天間
戰機轟隆，劃破夜空

販賣二手軍服與勳章的野店
瀰漫著死亡的氣息
肉醬熱狗與可樂，美國夢滋味
島嶼上，海風徐徐
過去的戰火，未來的硝煙
這裡是中美兩強邊境

間切本意琉球語境界
祝女謹遵龍宮與御嶽旨意劃分
東海彼岸主宰人間的傳說結果成真
巡弋飛彈與航母
封鎖精衛的夢與前程
帝國沒有落日，太陽此起彼落
島嶼交會著晨曦夕照
黑夜裡，看不見的
默化潛移著天照大神

閉上雙眼，海風徐徐
有一個青春夢被封禁，與海有關
赤道海峽裡港灣旁
稀世的紅沙灘
被觀光勝地刻板的白沙掩覆
逃學時藏匿的岬角
瀕海的山丘，夷為平地
漁船輕輕碰撞堤防的
鄰海大街，被迫退卻
遠離海岸線，遠離故事
棄絕在漠漠填海造陸的荒蕪後方
緘默演繹，平凡繼續

二〇一四年六月二十五日

附記：沖繩島給我的感覺，和我成長的波德申（Port Dickson）海邊的舊日時光十分類似。國際強權的雙腳分頭踩兩地，沖繩是軍事的；波德申是經濟的。間切是獨立於日本語的琉球語中「境界」的意思，後衍生為相當於州、郡的行政分區；琉球的「祝女」、也就是女祭師體系，按神明旨意劃分間切，構築琉球王室「祭政合一」的統治模式，譬如首席女祭師「得聞大君」，就由琉球王的肉親、姐妹擔任。琉球神道兩大信仰中心，「御嶽」指聖地，如普天間洞穴等；想像中的東方海洋彼岸的「龍宮」，住著主宰世界的太陽神「天照大神」。二戰期間，沖繩島戰役是東方死傷最慘重一役，有名有姓的死亡軍民超過二十萬人。戰後琉球成為主宰世界的美國防堵線關鍵駐軍之處，在二十一世紀中國意圖從東海進入太平洋逐鹿後，堪稱兩大強權邊界。

現在的波德申其實不那麼像琉球；本土政客在趕走英殖民勢力後，恣意劫掠大地資源，我成長的地方，老早面目全非。

這首詩構思於琉球客次，迄至返台十天始完成。這是我第一次嘗試寫二十行以上的詩。

海的兒子

有時候會想起我是海邊長大的孩子
當我面對茫茫大海，即使暗夜
風雨依舊吹來鹹鹹濕濕的海味

遠方船舶燈光似動非動，時間間隔
才能確定它緩緩前進，距離漫漫
空氣蠢動著像天上星星一般閃爍

島上的雨，隨著雲隨風十方飄泊
直到鋒面全面籠罩一整個島嶼
整個島嶼無邊無際瀰漫飄搖風雨

海洋總是期盼著陽光，海邊的孩子
也一樣期盼著在陽光下揚帆
夜雨再怎麼深沈，阻絕不了放晴的希望
明天被曬得炙熱的沙灘，使人完全忘記
今夜的風、雨、黑暗，以及一切茫然

二〇一四年六月十一日，客次琉球。

野店

因為霓虹與音樂
我們在這停車
在海角的野店
點一條不加味的燒魚
輕輕啜飲
午夜微鹹的海風
有一隻貓過來乞食
用楚楚可憐的眼神
換取魚骨焦香

我從沒到過這裡
簷下紗幔婆娑
展現熱帶島嶼的風情
明天
天亮之後
我懷疑一切美麗
是否依然？
是否只剩荒涼遺跡
今天只是夢境際遇

二〇一四年二月二日於波德申

輯九 回家路上

回家路上

看見一段枯枝墜地
啪一聲，落在秋天草葉堆裡
一片靜寂
抬頭找斷點；什麼都沒發現
低頭看落處，彷彿什麼都沒發生
向晚公園人來人往；我繼續
散步回家

二〇一五年九月九日

搬弄諵譁

搬家時看見你才想起有你
觀音半跏趺坐，狀若長安盛唐
（這塊黃楊估值至少十五）
雖然新工，乳房微隆點綴瓔珞
男女不易分辨

搬空了都還找不到你，寒山拾得
印象中布袋很大，晚明寫意風格
（「三十一口價！」，我沒割愛）
紙張、裱裝都到位，可惜沒落款
或許遺失，或許被偷

搬來搬去，你都在這裡
一手按劍，一手卷持春秋
（小心輕放，薄胎易碎）
一直想怎在瓶裡安盞燈
透光時版本應該不太一樣

二〇一五年九月三日

緋聞蘋果

電梯間鄰居鞋櫃上那顆紅蘋果
挑起我竊盜之心
香檳黃的屁股上、上半身披著緋
很難不想入非非
這種劇情雖然老梗，仍吊足味口
引人入勝、勾引一探究竟

如果這時密閉的門內一聲匡啷
玻璃落地，靜寂，無限想像
那對男女激烈爭執、打鬧
隨手抓起東西一砸

——就為了怎麼少了一顆蘋果？
或者摔的正是盛蘋果的碟子

電梯開門／電梯關門，以為站著沒動
其實垂直往下移動二十五・二公尺
電梯開門時我還是想著那顆蘋果
緋色令人好奇門裡的故事
竊盜之心啊！我決定
到最近的水果店先買一顆

二〇一五年八月二十六日

秋前下午

小島來訊，相約大島
趕在立秋前五天
星鰻珠螺紫海膽的誘惑
延宕五年的劇情，難免情怯

該期待接下來換人如換季？
或任憑憾事蹉跎到來生？

未時三刻陽光依舊耀眼
秋天還沒開始，大島小島一樣

待會找座青山踏踏
積雲或許會有開示

二〇一五年八月一日

夜宴

六點四十五分天還沒有黑
華燈初上
盛宴豐饗
前菜：Beluga魚子醬
香煎法國鵝肝與義大利白松露
依比利火腿，然後一顆
圓滾滾貝隆生蠔
我沒喝酒
尤其紅酒
酸酸澀澀，不知所云

不等　266

五分熟乾式熟成肋眼
端上桌時，其實我已經吃不太下了
但切成小塊一口一口吃完後
我還是堅持吃完一整個舒芙蕾
還有半份提拉米蘇
九點三十三分的信義商圈
天不很黑，晚風習習

二〇一五年七月二十三日

對酒當歌

十七歲的酒，碧綠竹葉青
晶瑩剔透，透視遠方遐想

二十七的酒，啤酒泡沫
強說苦滋味，舉杯灌一大口

三十七的酒，高粱或茅台
杯觥交錯，其實權力遊戲

四十七歲，威士忌，加冰加水
淡淡消磨，長夜漫漫

接下來要喝什麼？
尊貴的Wine或補腎的參茸三鞭
又或者，米酒加保力達
反正會醉就好

二〇一五年七月十八日

陽光下的下午茶

在芒種的陽光裡見面
下午四點，臉上一陣油光
三層架上骨瓷盤裡的慕斯
聊沒兩句，快速消融
三明治與蛋糕也沒吃完
似乎比賽說話速度
匆匆談過三幾件事，來不及
述說期盼的久違的衷情
就此別過
各有下一個約電話催促

下一次約什麼時候？
三個月或半年？

二〇一五年六月五日

沏茶

沏一泡老六堡茶讓時間渡過
歲月把艷紅的茶湯變得幽黑
青澀褪盡，滋味溫潤厚實
說不出口的怨懟，徐徐嚥下
在喉底深邃處悠悠迴甘
茶氣緩緩，上升到眼耳鼻共通的竇
化作淚水滴落，沖淡茶的濃
增加一點鹹鹹風味，五味雜陳

二〇一五年三月二十一日

除夕

小團圓是一首詩，三天前寫起
先發海參；冷浸、焗水、漂淨
張力需要時間，生鮮採購
全是衝突：搶魚訂肉，一切要算準
上升到賣最貴那一刻過後，反高潮
就是賤價拋售。兩天前
魚先蒸好，冰藏過才有口感
道地潮州魚飯，年年有餘
冬菇木耳冬粉腐竹等等乾料要先發
就像明喻暗喻象徵，恰到好處
一天前施展刀工，修辭敘事般講究

蒜苗滾刀，芹梗切寸，白菜
用撕的，才有美妙口感
火候是場景，對白如調味
典型環境的鮮活形象，形塑
回味無窮的人物，像盤中餐

二〇一五年二月十九日守歲獨酌

吃荸薺

吃荸薺像在賭博
甜的淡的，粉粉的
或臭酸的
削了皮顆顆雪白
入口才知道，微鹹
像淚水味道的
味道最好

二〇一五年二月十七日

咖哩魚湯

十四塊鮸魚煮一鍋湯
（一鮸二鯃三嘉鱲）
刺身切剩的邊角，幾乎無刺
一盤蕃茄五十元六、七顆
屁股有尖有圓，黑柿或桃太郎
或許也有雜交種
灼燙剝皮時，手感不太一樣
這個時節，鳳梨只剩牛奶種
不酸不甜，味如嚼蠟
一瓢咖哩調味，灑些魚露

嚐來欠酸，加幾片阿三
酸酸辣辣，想家滋味

二〇一四年十二月二十一日冬至前夕，在台北

約會

那些沒說出口的，我想
你應該聽懂，就像一大盆
麵包香蕉巧克力片淋醬
不必吃完，也知道是甜的

二〇一四年十一月十九日

十三行五首

之一：兩岸

貨運行前，黑冠麻鷺
「想寄貨嗎？
包運大陸，除了槍毒。」
「你不自己會飛？」
「飛來飛去，
飛不出台北盆地……」

我非聖鷸，亦非鴻鵠
身形彷彿丹頂鶴
不過池畔之物
志向與鵲雀相當
勇氣比家燕不如

迢迢盜匪路，自取其辱
不如破財委託運輸

二〇一四年五月十六日

之二：羅宋湯

雨天不出門
燉煮牛腩湯

三種根莖：
紅白蘿蔔馬鈴薯
四味香料：
生薑洋蔥胡椒陳皮

就怕小孩吃不飽
擔心鍋子太小

家常就要隨興
牛腩下足三五斤
先放肉，後下蔬
文火熬足鐘點
滋味自然美

二〇一四年五月十六日

之三：坎震

初夏十九度C，因為梅雨
原想撐把傘去看你
天上落水，地上積水
奇門遁甲卜得：今日不宜遇水

昨天開冷氣
今日翻箱倒櫃找冬衣
早上一個大地震
震央淺淺
落在黃金龍頭礦脈

天濛濛，我茫茫
到底要出門？還是窩在家裡？

是餘震？正常能量釋放？
還只是預兆？

二〇一四年五月二十一日

之四：101大樓

摩天如影隨形

我在象山，就在腳下
劍潭山上，它在南方
我吃喜酒，抬頭看見
喝杯咖啡，一閃一閃亮晶晶

躺在床上，一閃一閃亮晶晶
霓虹愛撫身旁青春的胴體
躺在床上，睜開眼睛

惺忪撥開迷霧
遠遠瞥見塔尖像勃起

摩天如影隨形
日日夜夜　暮暮朝朝
盆地裡頭桃花島，闖不出去

二〇一四年五月二十五日

之五：金盆洗手

寫字的手
簽字的手
滑手機的手
切菜炒菜的手

剛剛栓了九顆螺絲
就破皮的手

不覺得痛
發現時一大塊手皮
只剩一公釐
還黏著中指

中指是用來罵人的
已經不能砍人的一隻手的
五分之一

二〇一四年五月二十五日

回鍋肉二首

之一

紅蘿蔔、小黃瓜，白菜或高麗菜都可以
冰箱剩什麼蔬菜，就用什麼
再切幾片豆干，滷過的，最好
重頭戲當然是肉，肥滋滋的五花肉切片
肉要煮熟的、吃剩的，拜過神明更好
差點忘了辣豆瓣醬
絕不買加味、染色的劣質品

回鍋肉有什麼不好？
吃剩的白肉，可以換個口味重上餐桌
吃不完的，還可以明天加熱再吃
就連最後殘留的醬汁，還能添飯一碗

二〇一三年十二月十二日

之二

鹹鹹辣辣的豆瓣醬
熱油爆香
把昨天吃剩的白煮三層
煸出油來
怕份量太少
片幾塊豆干炸得香酥
再切些隔夜不萎凋的蔬菜
諸如：芹、青椒、洋蔥

記得撒把糖和緩鹹、辣
起鍋前沿著鍋緣濽醋
這是江湖一點訣

二〇一四年二月七日凌晨

咕咾肉

——答問我做法的網友

不是不傳之秘
也不是懶得回答
咕咾肉是廚房的考試
是多種廚藝的綜合運用

首先是肉要炸得外酥內嫩
這其中
有油的選用與多寡
還有火候問題
還有肉的部位與泡製

還有用什麼粉？
怎麼裹麵衣？

接下來還有醬汁的調配
酸、甜、鹹的比例
用什麼酸？
怎麼個甜法？
這又可以說個三天三夜

炸得酥酥的肉
和爽脆的蔬菜
如何炒得
什麼不太生
什麼不太熟
預製的手法
先下後下的順序
盡是文章

參透以上諸節
自然炒出一鍋咕咾肉
色香味俱全

二〇一三年十二月二十日

白露詩

當我慢慢看懂的時候
一生已經過了一半
四十年來茫然的風景
驟雨初歇豁然開朗

龍鬚菜原來是蔭瓜嫩芽
紅目鰱竟然有六個品種
赤牛的尾巴比乳牛的長
曬乾的鮑魚比活體更鮮

有人一生一處原地打轉
我卻猖狂的四處瀏覽
像驕傲的蝴蝶遨遊四海
原來只在花園裡晃蕩

二〇一二年九月七日交白露，
清晨得詩四句，九月十日續完。

代跋　玩世隨筆

此心有情，與眾生同樂同苦同役於費洛蒙，合天道如斯
此靈無邪，隨緣境迷善迷孽迷癡由不得已，非人力可使
天若不容，世間哪來億萬品相？幾多無奈，人道畢竟曲折
無憾一生：應報全報，取捨自在，承擔於盡其在我
所以慈悲：同情未必不丈夫，己所不欲勿施於人
所以智慧：豈有文章覺天下，忍將功業苦蒼生

李乃義

二〇一五年三月二十六日

讀詩人78　PG1501

不等
——陸之駿詩集

作　者	陸之駿
責任編輯	鄭伊庭
圖文排版	周妤靜
封面設計	王嵩賀

出版策劃	釀出版
製作發行	秀威資訊科技股份有限公司 114 台北市內湖區瑞光路76巷65號1樓 電話：+886-2-2796-3638　傳真：+886-2-2796-1377 服務信箱：service@showwe.com.tw http://www.showwe.com.tw
郵政劃撥	19563868　戶名：秀威資訊科技股份有限公司
展售門市	國家書店【松江門市】 104 台北市中山區松江路209號1樓 電話：+886-2-2518-0207　傳真：+886-2-2518-0778
網路訂購	秀威網路書店：http://www.bodbooks.com.tw 國家網路書店：http://www.govbooks.com.tw
法律顧問	毛國樑　律師
總 經 銷	聯合發行股份有限公司 231新北市新店區寶橋路235巷6弄6號4F 電話：+886-2-2917-8022　傳真：+886-2-2915-6275

出版日期	2016年1月　BOD一版
定　價	350元

Printed in Taiwan

國家圖書館出版品預行編目

不等：陸之駿詩集 / 陸之駿著. -- 一版. -- 臺北市：釀出版, 2016.1

面；　公分

BOD版

ISBN 978-986-445-078-7(平裝)

851.486　　104026076

讀者回函卡

感謝您購買本書，為提升服務品質，請填妥以下資料，將讀者回函卡直接寄回或傳真本公司，收到您的寶貴意見後，我們會收藏記錄及檢討，謝謝！

如您需要了解本公司最新出版書目、購書優惠或企劃活動，歡迎您上網查詢或下載相關資料：http:// www.showwe.com.tw

您購買的書名：＿＿＿＿＿＿＿＿＿＿＿＿＿＿＿＿＿＿＿＿

出生日期：＿＿＿＿年＿＿＿＿月＿＿＿＿日

學歷：□高中（含）以下　□大專　□研究所（含）以上

職業：□製造業　□金融業　□資訊業　□軍警　□傳播業　□自由業

　　　□服務業　□公務員　□教職　□學生　□家管　□其它＿＿＿

購書地點：□網路書店　□實體書店　□書展　□郵購　□贈閱　□其他

您從何得知本書的消息？

□網路書店　□實體書店　□網路搜尋　□電子報　□書訊　□雜誌

□傳播媒體　□親友推薦　□網站推薦　□部落格　□其他＿＿＿＿

您對本書的評價：（請填代號　1.非常滿意　2.滿意　3.尚可　4.再改進）

封面設計＿＿　版面編排＿＿　內容＿＿　文／譯筆＿＿　價格＿＿

讀完書後您覺得：

□很有收穫　□有收穫　□收穫不多　□沒收穫

對我們的建議：＿＿＿＿＿＿＿＿＿＿＿＿＿＿＿＿＿＿＿＿

＿＿＿＿＿＿＿＿＿＿＿＿＿＿＿＿＿＿＿＿＿＿＿＿＿＿

＿＿＿＿＿＿＿＿＿＿＿＿＿＿＿＿＿＿＿＿＿＿＿＿＿＿

＿＿＿＿＿＿＿＿＿＿＿＿＿＿＿＿＿＿＿＿＿＿＿＿＿＿

請貼
郵票

11466
台北市內湖區瑞光路 76 巷 65 號 1 樓
秀威資訊科技股份有限公司 收
BOD 數位出版事業部

（請沿線對折寄回，謝謝！）

姓　　名：________________　年齡：________　性別：□女　□男

郵遞區號：□□□□□

地　　址：____

聯絡電話：(日)________________　(夜)________________

E-mail：____